讽刺小说史视野下的《斩鬼传》研究

王以兴 著

四川大学出版社

项目策划：徐　凯
责任编辑：徐　凯
责任校对：毛张琳
封面设计：墨创文化
责任印制：王　炜

图书在版编目（CIP）数据

讽刺小说史视野下的《斩鬼传》研究 / 王以兴著 .
— 成都 : 四川大学出版社 , 2019.5
ISBN 978-7-5690-2892-8

Ⅰ . ①讽… Ⅱ . ①王… Ⅲ . ①讽刺小说—小说研究—中国—清代 Ⅳ . ① I207.41

中国版本图书馆 CIP 数据核字 (2019) 第 097689 号

书名　讽刺小说史视野下的《斩鬼传》研究

著　者	王以兴
出　版	四川大学出版社
地　址	成都市一环路南一段 24 号（610065）
发　行	四川大学出版社
书　号	ISBN 978-7-5690-2892-8
印前制作	四川胜翔数码印务设计有限公司
印　刷	成都国图广告印务有限公司
成品尺寸	170mm×240mm
印　张	8.5
字　数	139 千字
版　次	2019 年 7 月第 1 版
印　次	2019 年 7 月第 1 次印刷
定　价	40.00 元

版权所有 ◆ 侵权必究

扫码加入读者圈

◆ 读者邮购本书，请与本社发行科联系。
电话：(028)85408408/(028)85401670/
(028)86408023　邮政编码：610065
◆ 本社图书如有印装质量问题，请寄回出版社调换。
◆ 网址：http://press.scu.edu.cn

四川大学出版社
微信公众号

目　录

绪　论

一、选题意义

《斩鬼传》是清初山西太原人刘璋年轻时的愤世之作，该书以钟馗捉鬼传说为题材，叙述了钟馗带领咸渊、富曲二将在人间寻鬼斩鬼最终封神的神奇经历。《斩鬼传》被看作中国古代讽刺小说的开山之作，该书的出现标志着中国古代长篇讽刺小说的正式形成。作者大量借鉴了鬼怪寓言、笑话、传说及通俗小说的艺术形式，同时也吸收了民间文学讽喻时事时惯用的言语方式和思维方式，并进行了充分的艺术再加工，从而造就了《斩鬼传》独特的艺术风貌，对后世讽刺小说产生了积极的影响和启发。

本书将《斩鬼传》放在讽刺小说史纵向发展的维度上进行解读和把握，是基于两方面的考量：一是《斩鬼传》在讽刺小说史上的定位和影响，二是学界对该问题的关注度。

首先，刘璋的《斩鬼传》虽然在数以千计的中国古代小说当中并不起眼，甚至不会引起一般读者的关注和兴趣，但是它在讽刺小说史上的特殊地位却使之具有了非常重要的学术价值和意义。《斩鬼传》是刘璋年轻时的愤世之作，表现了他的入世精神和惩恶扬善的儒家情怀。据王青平考证，该书定稿于康熙二十七年（1688）之前，直到乾隆五十年（1785）前才付诸刊刻，被称为“第九才子书”，在民间流传很广。而《斩鬼传》的小说史地位则涉及学界对文学史上第一部讽刺小说（特指长篇讽刺小说）的定位。作为明清小说的一个重要类别和分支，讽刺小说这一概念经鲁迅先生提出后，引起了学界的热切关注和研究兴趣。讽刺小说概念的界定、发展脉络、讽刺内容和艺术特征等是学者探讨和分析的重点，如蔡国梁的《讽喻小说史话》，齐裕焜、陈惠琴的《中国讽刺小说史》，金鑫荣的《明清讽刺小说研究》，胡万川的《钟馗神话与小说之研究》，刘燕萍的《怪诞与讽刺——明清通俗小说诠释》，韩国学者吴淳邦的《清代长篇讽刺小说研究》等。

然而哪部作品才是讽刺小说的开山之作，对此学界尚未达成共识。在解答该问题之前，我们需要对讽刺小说的概念加以解释和说明。韩国学者吴淳邦在其《清代长篇讽刺小说研究》一书中根据前人提出的关于讽刺小说概念的界定，总结了讽刺小说的两个基本要素：一是作者有明显的惩恶劝善的目的，二是全书运用了讽刺手法。[①] 这在一定程度上修订和完善了鲁迅所提出的讽刺小说的概念，因为鲁迅所说的讽刺小说特指讽刺艺术具有含蓄幽默特点的通俗小说，在他看来，只有吴敬梓的《儒林外史》才算得上真正的讽刺小说。[②]

对此，笔者认同吴淳邦的观点，因为中国小说自产生之初就有讽刺一脉，在不同时期和不同作家手里均有不同的风格变化，既有《儒林外史》一类含蓄的讽刺，也有《官场现形记》《老残游记》一类激烈的谴责。也就是说鲁迅先生定义的讽刺小说是狭义的；而我们所说的讽刺小说则是广义的，包括了鲁迅先生所说的讽刺小说和谴责小说两种类型。

鲁迅、齐裕焜等先生认为《西游补》当为讽刺小说的奠基之作。但大多数学者认为《斩鬼传》才是讽刺小说的开山之作。持此观点最早的当是郑振铎先生，他在《世界文库》本《斩鬼传》的“题词”中认为该书“文字丰腴活跃”，“故论讽刺小说的，自当以那几部钟馗斩鬼的小说为开宗明义第一章”。[③]

王青平先生在否定《西游补》为讽刺小说的基础上，肯定了《斩鬼传》发中国讽刺小说之先声的小说史意义：“从艺术手法的总体来看，与其说它是一部严格意义上的讽刺小说，倒不如说它是一部寓言式的小说来的更为妥帖……因此，《斩鬼传》是我国最早的一部真正纯粹以讽

---

① ［韩］吴淳邦：《清代长篇讽刺小说研究》，北京大学出版社，1995年版，第58页。

② 关于鲁迅先生对讽刺小说和谴责小说的认识和定位，可参看温庆新：《鲁迅的“文人习气”、杂文创作与小说史研究——以〈中国小说史略〉名类讽刺小说与谴责小说为中心》，载于《江西师范大学学报》，2017年第3期。

③ 郑振铎：《〈斩鬼传〉题词》，见《世界文库》第八册，河北人民出版社，1991年版，第3416页。

刺为目的而创作的通俗小说。”[①]

蔡国梁先生对《斩鬼传》在讽刺小说史上的地位总结得十分到位：

> (《斩鬼传》)全然写成了一部“继王政治所不及”，“使人知所畏而为善”的有明确讽喻世风作用的讽刺小说。他完成了将含有浓厚迷信色彩的民间传说向讽世小说的转化，最早写出了我国古典小说中纯以讽喻整个世风（而不是讽刺“一人或一家”）为宗旨的讽刺小说，在我国小说发展中，尤其是讽刺小说的发展中，确有承上启下、开拓题材的重要作用，为典范的古代讽刺小说《儒林外史》的问世铺平了道路。[②]

持此类观点的还有郭志强、胡万川以及韩国学者吴淳邦等。因此，《斩鬼传》是中国讽刺小说的开山之作这一观点在学界更有市场和说服力。正如上文所云，该小说大量借鉴了鬼怪寓言、笑话、传说及通俗小说等艺术形式，也吸收了民间文学的表达方式和思维，并进行了充分的艺术再加工，在人物刻画和讽刺技巧方面形成了自己独特的艺术风貌，对后世讽刺小说产生了积极广泛的影响。于是，从《斩鬼传》的成书过程来探讨和总结讽刺小说的本质和创作取向等就显得合乎逻辑了。

其次，学界对《斩鬼传》的研究还不是很充分，对它的艺术特色和小说史地位未作深入的把握和讨论，尤其缺乏从历时角度阐释讽刺小说创作特色和演变的宏观视角。在内容上，仅就批判对象作简单的分类论析，而在“知人论世”方面有所欠缺；在艺术上，夸张的情节、串珠式结构、对比刻画、语言通俗幽默是学界关注的主要方面，但论述不详，对特殊的讽刺技巧和艺术风格的阐释尚有空白；在小说史地位上，虽说大多数学者都承认《斩鬼传》在讽刺小说史上的地位，也看到了该书艺术上的某些缺陷，但并未作进一步的研究，只是简单的肯定或否定；至于作者方面，由于历史文献记载的粗疏，仅有王青平对作者的生平经历和思想特点作过推测和分析，但也只是概括性论述，缺乏具体的、全面的探讨。因而，在明确了《斩鬼传》古代长篇讽刺小说开山之作的文学

---

① 王青平：《〈斩鬼传〉的版本和作者》，见［清］刘璋：《斩鬼传》，北岳文艺出版社，1989年版，附录，第274～275页。

② 蔡国梁：《讽喻小说史话》，辽宁教育出版社，1992年版，第58页。

史地位之后，我们就可以从成书过程和讽刺小说性质的确立等角度对该书的创作特点和发展变化进行准确的阐释和把握。

二、研究现状

学界关于钟馗的研究，迄今为止多集中于民俗学、戏剧、绘画艺术等方面。对钟馗信仰和形象的发生、演变是大多学者关注和争论的焦点，对钟馗小说的研究相对而言则比较薄弱。自从鲁迅在《中国小说史略》中对《斩鬼传》作了简短的评价后，才有学者开始关注与钟馗有关的三部小说——《唐钟馗全传》《斩鬼传》《平鬼传》。综合来看，对《斩鬼传》的研究主要集中在如下几个方面。

（一）版本与作者研究

较早对《斩鬼传》的版本和作者进行考证的有陈监先的《〈捉鬼传〉的作者和版本》一文，该文提到了莞尔堂刻本、五云楼刻本、近文堂刻本、江左书林刻本数种。[①] 孙楷第的《中国通俗小说书目》简要介绍了这几个版本的大概情况。[②] 柳存仁的《伦敦所见中国小说书目提要》则重点交代了伦敦图书馆收藏的莞尔堂刻本。[③] 胡万川《钟馗神话与小说之研究》一书中的有关章节即转引自上面三家的论述。[④]

路工、谭天在《古本平话小说集》中对《斩鬼传》的版本进行了汇总，认为该小说有五种版本："一、《平鬼传》四卷十回，清康熙庚子年（一七二〇）刻本，经纶堂藏版，原题'樵云山人编次'，有黄越序，北京图书馆藏。二、《斩鬼传》四卷十回，清光绪十二年丙戌（一八八六年）莞尔堂重刻本，书前有'莞尔堂第九才子书'，原题'樵云山人著'，有黄越序，北京图书馆藏。三、《平鬼传》，清抄本，原题'樵云山人编'，卷端题'第九才子书'，首有康熙五十九年（一七二〇·庚子）上元黄越序、际飞氏序，北京图书馆藏。四、《钟馗斩鬼传平鬼传合刻本》，台湾一九五七年印本影翻本。五、《新编钟馗斩鬼传》，清乾

---

① 陈监先：《〈捉鬼传〉的作者和版本》，载于《光明日报》，1956 年 4 月 29 日。

② 孙楷第：《中国通俗小说书目》（重排本），人民文学出版社，1982 年版，第 227 页。该书初版于 1933 年。

③ 柳存仁：《伦敦所见中国小说书目提要》，书目文献出版社，1982 年版，第 61 页。该书初版于 1974 年。

④ 胡万川：《钟馗神话与小说之研究》，文史哲出版社，1980 年版，第 147 页。

隆（约一七四〇年）抄本，不分卷，上下两册，题‘烟霞散人编’，有‘瓮山逸士’序及作者自序。”[①] 王青平则集中精力对该书的作者和版本进行了论证，资料翔实，分析缜密，很有说服力。他的文章有《〈斩鬼传〉版本简介》《〈斩鬼传〉版本考证》《〈斩鬼传〉校勘简记》《〈斩鬼传〉的刊行过程》《刘璋所作才子佳人小说考》《〈斩鬼传〉的作者刘璋》《刘璋年代简表》。他在首都图书馆发现了刘璋的手稿本，简称“康本”；在北京图书馆找到了康熙二十七年（1688）刘璋友人瓮山逸士的传抄本，书题“正心堂抄”，简称“正本”；在北京图书馆发现了乾隆元年（1736）至十年（1745）间刘璋的手抄过录改稿本，简称“乾本”；他将郑振铎主编《世界文库》本时所依据的乾隆间传抄本简称为“世底本”，将孙楷第所说的“另一旧抄本”简称为“另抄本”，此二本下落不明，无从考证。[②] 至于刻本，王青平认为首都图书馆所藏的莞尔堂刊袖珍本（简称莞本）是初版原刻本。然而路工、谭天所述第一个版本，除刻坊和署名与莞本稍有不同外，其余基本相同，那么这两种刻本孰先孰后就不好妄下结论了，也许二者是同一底本在不同书坊的翻刻本。这个刊刻底本可能就是路工、谭天所述的第三个版本。其他如同文堂刊本、莞尔堂重刻本及莞尔堂本的翻刻本——五云楼本、江左书林本则以陈监先所述为据。另外，《古本小说集成》本和《古本小说丛刊》本依据的是吴晓玲藏本，由序言可知此本抄于乾隆五十年（1785），而据江苏省社科院明清小说研究中心《中国通俗小说总目提要》中“斩鬼传”条的王青平介绍，亦可推知此本与世底本为同一渊源。齐裕焜、陈惠琴在《中国讽刺小说史》一书中认为《斩鬼传》“写定于康熙四十年（1701）仲夏，大约刊行于康熙五十七年（1718）左右，现存有莞尔堂刊袖珍本、同义堂刊本及两种旧抄本”[③]。此处介绍极为简略，且提到了另外一个版本——同义堂刊本，具体情况不详。

至于《斩鬼传》的作者，孔另境在《中国小说史料》一书中根据地

---

① 路工、谭天：《古本平话小说集》（下册），人民文学出版社，1984 年版，第 496～498 页。

② 王青平：《〈斩鬼传〉版本考证》，见［清］刘璋：《斩鬼传》，北岳文艺出版社，1989 年版，附录，第 284～307 页。

③ 齐裕焜、陈惠琴：《中国讽刺小说史》，辽宁人民出版社，1993 年版，第 62 页。

方志和清人徐昆《柳崖外编》的记载，认为《斩鬼传》的作者是刘璋。[①]

据王青平在《〈斩鬼传〉的作者刘璋》一文中的介绍，我们大体可以了解刘璋的基本情况。刘璋，太原（阳曲）人，字于堂，“介符”可能是其号，别号“烟霞散人”“樵云山人”。而“华茵主人”“烟霞逸士”“西湖水云道人”都是他创作时所用的别号，其他如“泉石主人”“烟霞子”“烟霞主人”“步月斋主人”“步月主人”等雅号也可能为他所有。其书斋名为“兼修堂”。王青平根据清王植《崇德堂稿》中的《县尹刘于堂寿序》，推断出刘璋生于康熙六年丁未（1667），而其卒年未能详考，只知其于乾隆初年尚在人世，其时年已七十余岁。由于材料有限，王青平对刘璋的生平与其作品的主体思想也只是作了比较简略的分析与推断。[②] 王青平在《刘璋所作才子佳人小说考》一文中考证了刘璋的才子佳人作品，有《凤凰池》（康熙年间）、《巧联珠》［雍正元年（1723年）］、《飞花艳香》［雍正四年（1726）至七年（1729）间］三种。可能为其所作的有《幻中真》（康熙年间）和《幻中游》（康熙年间）。[③] 梁苑则根据刘璋年龄与才子佳人小说刊刻年代的矛盾推翻了王青平的观点，认为刘璋不是编次才子佳人小说的烟霞散人。[④]

（二）《斩鬼传》作品研究

对《斩鬼传》作品本身的研究主要集中在群鬼形象的批判价值、讽刺艺术、滑稽风格及其在文学史上的地位等方面。鲁迅在《中国小说史略》中对《斩鬼传》的讽刺艺术进行了评价：“其近于呵斥全群者，则有《钟馗捉鬼传》十回，疑尚是明人作，取诸色人，比之群鬼，一一抉剔，发其隐情，然词意浅露，已同嫚骂，所谓‘婉曲’，实非所知。”[⑤] 当然，鲁迅对《斩鬼传》的贬低意在对比突出《儒林外史》“足称讽刺之书”的定位。戴不凡则认为“在明末清初小部头小说中，这算是写得

① 孔另境：《中国小说史料》，上海古籍出版社，1982 年版，第 157 页。

② 王青平：《〈斩鬼传〉的作者刘璋》，见［清］刘璋：《斩鬼传》，北岳文艺出版社，1989 年版，附录，第 350～371 页。

③ 王青平：《〈斩鬼传〉的作者刘璋》，见［清］刘璋：《斩鬼传》，北岳文艺出版社，1989 年版，附录，第 329～350 页。

④ 梁苑：《刘璋不是编次才子佳人小说的烟霞散人》，载于《明清小说研究》，2007 年第 1 期。

⑤ 鲁迅：《中国小说史略》，江苏文艺出版社，2007 年版，第 171 页。

比较好的”，“用夸张手法逞其诙谐”，“想象力和文笔也不落窠臼”，“这部寓意颇深而又颇有风趣的小说，当年作者如果能放笔写一下，倒不失为我国小说史上的一朵奇花”。[①]

对《斩鬼传》的思想意义和艺术风格进行较为深入探讨的，有王青平的几篇专文，齐裕焜、陈惠琴的《中国讽刺小说史》，我国台湾地区学者胡万川的《钟馗神话与小说研究》，我国香港地区学者刘燕萍的《怪诞与讽刺——明清通俗小说诠释》中的有关章节及韩国学者吴淳邦的《清代长篇讽刺小说研究》的相关论述。他们的观点后文将会论及，此处不赘。

另有一些研究《斩鬼传》的单篇论文。如王定的《从〈西游补〉〈斩鬼传〉〈儒林外史〉三书看讽刺艺术》，该文专门比较了《斩鬼传》与《儒林外史》在人物刻画和语言艺术上的差距，指出了《斩鬼传》人物性格单一化、概念化、缺少流动性及人物语言缺少个性化和真实性的缺点，由此认为《斩鬼传》的讽刺力量和文学价值要比其他两部书差得多。[②] 然而，该文作者只是看到了《斩鬼传》艺术上的粗糙和简单，而未对这种艺术缺陷的成因进行探究和分析，且忽略了这种叙述艺术本身就是一种值得关注的文学现象，在小说史上具有一定的意义。张虹在《钟馗小说与钟馗形象漫议》一文中，着重从整体结构和构思方面入手，对《斩鬼传》与《平鬼传》进行了比较，明显褒后者贬前者[③]，带有片面性。沈漫涛在《以鬼喻人讽世明道—— 浅谈〈钟馗斩鬼传〉》一文中总结了《斩鬼传》的三个特点：“一、天下头号该杀的是昏君逆臣；二、对鬼的批判就是对人世的批判；三、流露出种种救国安民的设想。”[④] 这三点其实早有学者论述。该文作者还推测《斩鬼传》是刘璋在清初大兴文字狱的背景下创作的，可惜没有深入。笔者将在后文结合文本的具体分析与其他方面对此点进行论证。郭志强在《对中国古代讽刺小说研究的重新审视——从传播角度看〈斩鬼传〉的影响》一文中论述了《斩

① 戴不凡：《小说闻见录》，浙江人民出版社，1980 年版，第 60～61 页。

② 王定：《从〈西游补〉〈斩鬼传〉〈儒林外史〉三书看讽刺艺术》，载于《湖南第一师范学报》，1999 年第 1 期。

③ 张虹：《钟馗小说与钟馗形象漫议》，载于《明清小说研究》，1995 年第 1 期。

④ 沈漫涛：《以鬼喻人讽世明道——浅谈〈钟馗斩鬼传〉》，载于《明清小说研究》，1995 年第 1 期。

鬼传》对讽刺小说在结构模式、讽刺艺术等方面的影响，较为全面。[①] 其他如李悔吾的《中国小说史漫稿》[②] 和李绍先、王晓琳的《明清小说话幽》[③]，所论不出上面各家的观点，兹不赘述。

三、关于刘璋的两个问题的讨论

通过学界的相关研究，我们已经对《斩鬼传》的作者刘璋有了一些了解。然而不可否认的是，还存在一些可继续探讨和挖掘的颇具争议性的问题，最主要的就是刘璋是否为几部才子佳人小说《凤凰池》《巧联珠》《飞花艳香》《幻中游》的作者。另外，还有康本《兼修堂跋》的作者及兼修堂归属问题，此问题的解决直接关系到对《斩鬼传》的创作动因的把握。故而，笔者在此首先论述这两个问题。

（一）刘璋并非才子佳人小说的作者

王青平曾花费大力气论证刘璋即《凤凰池》《巧联珠》《飞花艳香》《幻中游》这四部才子佳人小说的作者，并且对写作时期也作了推理论证。后来，梁苑通过文本用字的避讳来确定四部小说的写作时间，因与刘璋的生卒年矛盾，从而确定这四部小说的作者并非刘璋，只是二人同用了“烟霞散人”的名号。王青平主要是通过这四部才子佳人小说与《斩鬼传》的对比来推断，相比之下缺少了更有说服力的证据。因此，笔者倾向于认同梁苑的观点。其实，还有其他材料可以佐证刘璋并非上述才子佳人小说的作者。

在王青平考证的《斩鬼传》乾隆年间作者手抄本（简称乾本）上有五枚印章，分别是“荐巧无如守拙”（在左下方）、“醉歌田舍酒，笑读古人书”和“樵子担云，渔夫卧月”（第一则序后）、“侠为知己用，贫不受人怜”和“期山期水，雪涛”（第二则序后）。[④] 这些印章除最后一枚意义指向不明外，其余应该都是作者当时心态的直接反映。据王青平考证，乾本是刘璋晚年回乡后亲手抄录赠给侯执信收藏的；而“烟霞散

① 郭志强：《对中国古代讽刺小说研究的重新审视——从传播角度看〈斩鬼传〉的影响》，载于《社会科学辑刊》，2006 年第 2 期。

② 李悔悟：《中国小说史漫稿》，湖北教育出版社，1992 年版。

③ 李绍先、王晓琳：《明清小说话幽》，四川教育出版社，2003 年版。

④ 王青平：《〈斩鬼传〉版本简介》，见［清］刘璋：《斩鬼传》，北岳文艺出版社，1989 年版，附录，第 279～280 页。

人”是刘璋自青年起便一直使用的雅号，其好友瓮山逸士在康熙二十七年（1688）的传抄本上即署名“烟霞散人著”[①]。另外，据王青平介绍，首都图书馆所藏的刘璋初稿手写本上也有两枚印章：一为“笔飞墨舞”，一为“名教中乐地”。[②] 由此可以得知，年轻时的刘璋既有着愤世嫉俗的激情和维持名教的社会责任感，也有着向往自由、追求闲适的生活态度。而当他中晚年仕途不顺、生活艰难之时，其思想也随之发生了重大变化，从乾本上的五枚印章可以看出，晚年的刘璋有着一种看透世事的达观和穷困但不降心辱志的自傲。也就是说，此时的刘璋仍葆有年轻时追求自由逍遥、无拘无束之生活情趣的一面，同时，原来那种勇于担当的正直和无畏逐渐转化为对自我操守、人格的坚持和维护。所以，很难想象此种性格的人为了谋利而接二连三地创作千篇一律的才子佳人小说。

另外，在《斩鬼传》中刘璋已经表达了自己对才子佳人小说的看法。小说第七回写风流鬼与伶俐鬼月下散步，在一花园中偶遇一美人，伶俐鬼对其一见钟情，作诗一首抒发爱慕之情，美人则对风流鬼暗生情愫。之后，风流鬼害起相思病，伶俐鬼帮他送情诗以通情意，美人和诗暗接情缘。二鬼最后设计获得美人之父的赏识并进入他们家后花园读书，风流鬼终于得到与美人约会的机会，不料却被县尹派来的皂隶搅乱。最后风流鬼因作诗嘲讽钟馗而被逼回原形——未央生的灵魂。这段文字明显借鉴了才子佳人小说的固定模式：男女一见钟情，以诗传情，然后就是私订终身后花园。可以看出作者刘璋对才子佳人小说中这种男女遇合的方式是持批判、否定态度的。由此可以推断性情孤傲的刘璋不大有可能为了谋利而去创作自己不看好的才子佳人小说。

至此，基本可以判断刘璋并非《凤凰池》《巧联珠》《飞花艳香》《幻中游》四部才子佳人小说的作者。那么，王青平关于刘璋年轻时漫游江南并与天花藏主人交往的推理也就不成立了。[③]

---

① 王青平：《〈斩鬼传〉版本简介》，见［清］刘璋：《斩鬼传》，北岳文艺出版社，1989 年版，附录，第 279～280 页。

② 王青平：《〈斩鬼传〉版本考证》，见［清］刘璋：《斩鬼传》，北岳文艺出版社，1989 年版，附录，第 286 页。

③ 关于刘璋与天花藏主人交友的讨论，见王青平《刘璋所作才子佳人小说考》和《〈斩鬼传〉的作者刘璋》。

(二)关于《兼修堂跋》的作者及兼修堂归属问题

康本《斩鬼传》附有《兼修堂跋》,而正本序言后署名“瓮山逸士题于兼修堂”。王青平根据康本的两则序言中的文字“故既为叙,而复为之跋云”,断定“兼修堂”乃作者以斋名作为自己的名号,又认为跋中“不敢与烟霞散人分笔情之趣,实敢与烟霞散人共口孽之愆”等文字,“则已暗示跋者与作者烟霞散人实为一人”①。

相反,笔者以为“兼修堂”乃作者朋友瓮山逸士的斋名,而《兼修堂跋》自然也是瓮山逸士所作。为了更好地说明问题,现将《兼修堂跋》摘录于下:

> 无中生有,编成简牍。或以为笔情之趣,或以为口孽之愆。乃作者俱不任受,不过消磨清昼,排遣素怀,一任知我者谅之,不知我者讶之,阅之者解颐,闻之者现齿,而作者之面如故也。老夫昔阅《草木春秋》,亦是无中生有,才人游戏之笔。彼则付之剞劂,公诸海内。今阅此《斩鬼传》,知作者不欲付之剞劂,公诸海内焉。何以知之?其在转换接落以及字句间平,盖作者一时遣兴,率笔描去,不加推敲,以此知不欲付之剞劂,公诸海内也。老夫爱其笔华,细加笔削,更觉快心夺目。不敢与烟霞散人分笔情之趣,实敢与烟霞散人共口孽之愆。然而复敢大言曰:此书居《草木春秋》之上,散人不欲付之剞劂,公诸海内,老夫甚欲付之剞劂,公诸海内。故既为叙,而复为之跋。②

假如《兼修堂跋》的作者真是刘璋本人,那么他托名作跋就是为了《斩鬼传》的刊刻与流布。而且,此跋即使真的是作者自己假托他人之名所作,那么跋中的“今阅此《斩鬼传》,知作者不欲付之剞劂,公诸海内焉”,也同样客观地反映了作者本人的真实想法。这就产生了不可解释的抵牾。或许有人会说,这是作者以退为进,为转移批评者注意力而故意施放的烟雾弹。此种情况并非没有可能。但是,跋中“老夫爱其笔华,细加笔削,更觉快心夺目”又作何解释?此外,既然是作者刘璋

① 王青平:《〈斩鬼传〉的刊行过程》,见[清]刘璋:《斩鬼传》,北岳文艺出版社,1989年版,附录,第326页。

② [清]刘璋:《斩鬼传》,北岳文艺出版社,1989年版,附录,第192页。

自己作伪，必然是不欲为人所窥知，那为何又在文末借一句“故既为叙，而复为之跋”暴露自己的身份呢？此二者诚不可解！据此可以断定“既为叙”非指康本中的两则作者自序，那么作跋者也就并非作者自己，而是另有他人。

还有，即便是作者本人托名作跋，那么在跋中他为自己的作品辩护的只有一点，就是书中直露犀利的讽刺笔法，因为这才是容易引起读者误会和指责的地方，他在康本自序中就曾指天发誓道：“乃不知者或疑予故以骂人，予敢以质诸天。”而在《兼修堂跋》中并没有为《斩鬼传》这种笔法进行辩护的文字，只是极力支持该书的刊行，一句“老夫爱其笔华，细加笔削，更觉快心夺目”表达了对《斩鬼传》这种风格的激赏和肯定。当然，我们同样也可以认为这是作者假托他人对自己进行的鼓励和支持。但是，如果是作者自己托名作跋，对自己的创作相当自信的刘璋怎么会说出再进一步修改的话呢？[①] 何况，此版本乃作者的初稿本，如果真的是假托他人作跋，断不会说出“爱其笔华，细加笔削”这样的话来。因此，“老夫爱其笔华，细加笔削，更觉快心夺目”一句只能是他人读过作品之后，欣赏有加，受到启发后才产生的模仿和再加工行为。

既然刘璋并非作跋者，那么谁才是《兼修堂跋》的真正作者呢？笔者认为就是瓮山逸士，理由如下：“作者朋友瓮山逸士在正本的序中对此书及作者亦千方百计给以回护”[②]。的确如此，在序中瓮山逸士为“今‘烟霞散人’著此《斩鬼传》，独不惧鬼来与之为敌乎”[③] 进行了辩论，极力支持烟霞散人的大胆行为。王青平也看到了这一点：“该本《兼修堂跋》的主要内容也是为本书的刊行申明理由。”[④] 可见二者的出发点相同，说明瓮山逸士和《兼修堂跋》的作者应该有着密切的关系。

---

① 刘璋对自己的小说创作十分自信，在康本《尾笔》中曾自诩道：“诚问上古之五刑，后王之三尺，阴曹之剑树刀，有如钟馗老子一剑否？有如我烟霞散人一笔否？”

② 王青平：《〈斩鬼传〉的刊行过程》，见［清］刘璋：《斩鬼传》，北岳文艺出版社，1989 年版，附录，第 326 页。

③ ［清］刘璋：《斩鬼传》，北岳文艺出版社，1989 年版，第 252 页。亦可参看《斩鬼传序》，见《世界文库》第八册，河北人民出版社，1991 年版，第 3417～3418 页；或《古本小说丛刊》第一辑第三册，中华书局，1987 年版，第 1131 页。

④ 王青平：《〈斩鬼传〉的刊行过程》，见［清］刘璋：《斩鬼传》，北岳文艺出版社，1989 年版，附录，第 326 页。

而在否定了刘璋是《兼修堂跋》的作者后，也就只有瓮山逸士最有可能了。他能够见到刘璋的早期稿本并进行传抄，说明他们二人关系密切，而且瓮山逸士所作的正本序言也是在兼修堂写就的。[①] 只有确定了瓮山逸士是《兼修堂跋》的作者之后，一些问题才能够得到圆满的解释。“老夫爱其笔华，细加笔削，更觉快心夺目”，指的就是瓮山逸士在正本中对作者的手稿本——康本进行了一定的修饰和订正。[②] 而跋末曰“故既为叙，而复为之跋云”，其实是指瓮山逸士为正本作序，而后又为作者的手稿本作跋。瓮山逸士尊重刘璋的创作权，他认为为传抄本作序、为手稿本作跋是为刘璋的《斩鬼传》这部小说作序、作跋，而不是针对某一具体版本。

在明确上述情况后，我们对《斩鬼传》的创作和流传便有了清楚的认识。可以想见，作者刘璋在构思和创作之初就预料到自己的讽刺面太广、力度太大，会引起一些人的误会和忌恨，所以他会有指天发誓的激愤之举。也可能因为他一开始的确如瓮山逸士所说的那样没有非常强烈的将作品刊刻的打算，所以我们在康本中看不到作者的署名。然而作品完成后，在朋友圈子里广为传抄，颇受好评，尤其是瓮山逸士极力鼓励他将作品刊刻发行，并亲自抄写了一部，不但为作品作了序言，而且在抄写过程中对原作进行了某些方面的修改。之后，瓮山逸士为了进一步打消刘璋的顾虑，又写了《兼修堂跋》为其打气助阵，由于“不敢与烟霞散人分笔情之趣，实敢与烟霞散人共口孽之愆”，这种来自朋友的精神上和行动上的支持和鼓励，让刘璋产生了动摇之心，所以他才会把瓮山逸士的《兼修堂跋》誊抄在自己的手稿本上。至于为什么刘璋最终没有将其刊刻，原因就不得而知了。

总之，通过上述分析可以得知《兼修堂跋》的作者乃刘璋的朋友瓮山逸士。这样一来我们对王青平“触发刘璋创作《斩鬼传》这样具体的一部讽刺小说的直接原因，就是阅读了《草木春秋》”[③] 的说法就要重新

---

① 关于正本请参看王青平：《〈斩鬼传〉版本考证》，见［清］刘璋：《斩鬼传》，北岳文艺出版社，1989年版，附录，第284页。

② 关于正本对康本的修改请参看王青平：《〈斩鬼传〉版本考证》，见［清］刘璋：《斩鬼传》，北岳文艺出版社，1989年版，附录，第284页。

③ 王青平：《〈斩鬼传〉的作者刘璋》，见［清］刘璋：《斩鬼传》，北岳文艺出版社，1989年版，附录，第355页。

分析，详见下文，此处不赘。

最后需要对刘璋的基本情况进行总结。刘璋，太原（阳曲）人，字于堂，“介符”可能是其号，别号“烟霞散人”“樵云山人”。生于康熙六年丁未（1667），卒年不详，乾隆初年七十余岁，仍活于世。康熙三十五年丙子（1696）中举人，雍正元年癸卯（1723）任深泽县令，雍正四年丙午（1726）卸职。而署名“烟霞散人”“步月斋主人”“烟霞逸士”“樵云山人”的几部才子佳人小说基本上可以确定并非刘璋所作。

第一章 《斩鬼传》的讽刺内容

对于《斩鬼传》的思想内容和批判价值，已经有许多学者作了分析研究。他们的观点基本相同，多认为《斩鬼传》是对社会上恶德败俗的揭露与批判，如鲁迅就总结此书“取诸色人，比之群鬼，一一抉剔，发其隐情”[①]。王青平在《〈斩鬼传〉的作者刘璋》一文中认为：“全书集中批判和讽刺了浇漓的世情和‘人间鬼魅’的种种恶德败行，抨击了金钱势力。”[②] 蔡国梁也说“书中的各色恶鬼都有象征意义，是市井中腐败现象的化身和世间丑恶人物的借喻”[③]。其他研究者的观点基本与此相同，如齐裕焜、陈惠琴的《中国讽刺小说史》，胡万川的《钟馗神话与小说研究》，韩国学者吴淳邦的《清代长篇讽刺小说研究》，金鑫荣的《明清讽刺小说研究》[④]。他们对于《斩鬼传》主题的把握无疑是正确的，但就书中人物形象的具体分析来看，这种观点则显得概括有余而精细不足。因为书中各色鬼物共有四十个，加上正面人物和其他人物便超过了五十个，他们身上所寄寓的批评意义丰富复杂，不是简单一句话所能概括的。笔者在前辈学人的研究基础上，拟从人物类型和批判价值两个方面对《斩鬼传》的讽刺内容进行重新总结和阐释。

---

① 鲁迅：《中国小说史略》，江苏文艺出版社，2007年版，第171页。

② 王青平：《〈斩鬼传〉的作者刘璋》，见［清］刘璋：《斩鬼传》，北岳文艺出版社，1989年版，附录，第356页。

③ 蔡国梁：《讽喻小说史话》，辽宁教育出版社，1993年版，第58页。

④ 金鑫荣：《明清讽刺小说研究》，凤凰出版社，2007年版。

第一节 《斩鬼传》中的人物类型

我国香港地区学者刘燕萍认为《斩鬼传》中的四十个“人鬼”都是寓言式人物，其从“欲壑难填之灾”“孔方兄之害”“酗酒之害”“怀才不遇与不通的士人”四个方面分析了《斩鬼传》的讽刺价值。[①] 笔者认为，其所用的“癖性”一词虽具有相当的概括性，也见于胡万川、吴淳邦、齐裕焜诸位先生的论著，然而“怀才不遇的愤慨”却不宜放在“癖性”的范畴中讨论。同时，这四个方面也不能概括作品中的所有鬼物所体现的思想意义和批判内涵。“欲壑难填之灾”在作品中不外乎指物欲和色欲，而与“孔方兄之害”对比来看，那么“欲壑”则单指色欲，代表人物仅包括缠绵鬼、风流鬼、色中饿鬼等；“孔方兄之害”指金钱、财富对人性的毒害，捣大鬼、酽脸鬼、龌龊鬼、仔细鬼、要碗鬼、讨吃鬼、叫街鬼、抠掐鬼、丢谎鬼、诓骗鬼、急殨鬼及穷胎鬼的祭文则主要体现了这一点；“酗酒之害”只有一个醉死鬼来体现；“怀才不遇与不通的士人”中怀才不遇的只是三位正面人物——钟馗、富曲和咸渊，不通的士人则只是不通鬼一个。那么其他人鬼形象如假鬼、奸鬼、谄鬼、急急鬼、心病鬼、黑眼鬼、低达鬼、发贱鬼、温尸鬼、冒失鬼等又如何分类呢？所以，为了更好地说明和挖掘《斩鬼传》的思想内涵和批判意义，笔者拟以书中人物所体现的不同的批判价值为标准进行类型分析，大体可分为以下四类。

一、道德类

道德类人物是指作品中那些为了满足自己的私欲而不惜损害他人利益或者败坏社会风气的有违社会道德的人鬼形象。这类形象有捣大鬼、扢喳鬼、寒碜（碜）[②] 鬼、酽脸鬼、缠绵鬼、龌龊鬼、仔细鬼、急赖鬼、伶俐鬼、倒塌鬼、低达鬼、诓骗鬼、丢谎鬼、假鬼、抠掐鬼、急殨鬼、

① 刘燕萍：《怪诞与讽刺——明清通俗小说诠释》，学林出版社，2003 年版，第 156～170 页。

② 原书为“寒硶鬼”，“硶”为“碜”的异体字，下文均写作“寒碜鬼”。另：《斩鬼传》一书中异体字、繁体字多见，本书所用引文中一律使用规律范的汉字。

偷尸鬼、轻薄鬼、撩乔鬼、枭虚鬼、得料鬼、奸鬼、色中饿鬼。下面就他们的性质、危害及作者的态度作简要介绍。

在小说第二回出场的捣大鬼、抟喳鬼、寒碜鬼是结义兄弟，他们自吹自擂，靠吹牛糊弄人，并以此为手段骗人钱财。通风老人介绍捣大鬼说："此鬼名为捣大鬼。他本是孟子所说的齐人后代，也有一妻一妾……专捣过往客人，骗些酒食，图些物件。"捣大鬼之前拿着"年家侍教生独我尊独首拜"的帖子拜弥勒佛，装腔作势，得意扬扬，目的也是"欲捣这些和尚，骗些钱使"。而钟馗居然也被他的名号"南瞻部州上管天下管地尊无二上撑天立地大将军"给唬住了。而他的两个兄弟抟喳鬼和寒碜鬼也是全无廉耻、不知愧怍之辈，一通大话把钟馗等三人寒碜得"牙疼的牙疼，筋疼的筋疼，恶心的恶心"。

第三回、四回钟馗斩的是酽脸鬼及其四个徒弟缠绵鬼、龌龊鬼、仔细鬼、急赖鬼。由通风老人的介绍可知，酽脸鬼住在无耻山寡廉洞里，有四个徒弟，"一个叫做龌龊鬼，他会吃人，再不肯交人吃他，真有半毛不拔的本事。一个叫做仔细鬼，任你贼打火烧，总不肯舍出一文钱来。这两个好生利害。还有一个急赖鬼，无甚本事全凭急赖罢了"[①]。最后一个就是将他女儿缠得死里逃生的缠绵鬼。缠绵鬼的危害自不用说。酽脸鬼凭着一副极厚的脸皮专图人钱财，他对伶俐鬼说："俺闲了时拿上这副酽脸，寻上门去，任他龌龊、仔细、急赖、缠绵，定要寻他些油水。"[②] 他对自己的徒弟尚且如此，对待其他人肯定是敲骨吸髓般地刮剥。龌龊鬼和仔细鬼是一路货色，吝啬成性，家里的万贯钱财也是靠着图人家的房产、占人家的土地得来的。用《榆社县志》引用的《广汉张氏师说》中的一句话来解释龌龊鬼和仔细鬼的行为非常恰当："夫子谓'与其奢也，宁俭'，则俭，虽失中，本非恶德，然而俭之过，则至于吝啬迫隘，计较分毫之间而谋利之心始急矣。"[③] 急赖鬼则专门依靠"活明日"和拆东墙补西墙的手段拖赖别人的债务。由上可知，这五鬼的社会危害性实在不小，既损害了他人的利益甚至生命，又严重污染

---

① ［清］刘璋：《斩鬼传》，北岳文艺出版社，1989年版，第43页。

② ［清］刘璋：《斩鬼传》，北岳文艺出版社，1989年版，第47页。

③ 《山西通志》，见《四库全书·史部·地理类》，上海古籍出版社，1987年版，第543册，第512页。

了社会风气。

诓骗鬼、丢谎鬼是引诱讨吃鬼和耍碗鬼吃喝玩乐、奢侈挥霍的罪魁祸首，而且还骗取了他们每人五千两银子，将他们彻底变成了街上的乞丐。而“又会开湖，又会掷骰，又会饮酒，又会嫖娼，至于钻狗洞、跳墙头都是土地本事”的倒塌鬼和不知羞耻、只会奉承的低达鬼则是致使讨吃鬼和耍碗鬼挥霍家资、沦为乞丐的帮凶。所谓一报还一报，诓骗鬼最后被抠掐鬼害死，丢谎鬼也被急殰鬼、偷尸鬼或偷或赖而破产。如此说来，抠掐鬼、急殰鬼、偷尸鬼跟诓骗鬼、丢谎鬼都属于道德败坏的一类。

色中饿鬼是一淫荡成性、心术不正的和尚。他的形象塑造有现实依据，晚明时期由于个性纵欲思潮盛行，和尚等出家人也常常做出一些有违清规戒律的事情，七情六欲在他们身上表现得非常明显。在明清时期的小说、戏曲中，此类形象经常出现，而《斩鬼传》中的这个色中饿鬼最为败坏、恶毒，他把一些有夫之妇囚禁在密室中，“不分昼夜轮流取乐”，而且还在外边勾搭了许多娼妓、小官。他不仅严重污染了社会风气，还触犯了法律底线，害人害己，与诓骗鬼、丢谎鬼、抠掐鬼等都属于不可饶恕的无耻之徒。

伶俐鬼虽是“生来凡事精详，处事得当”，但他聪明过头，凡事为自己打算，先是投靠愣怔大王，后又与酽脸鬼共事，最后与风流鬼狼狈为奸。在风流鬼被钟馗斩杀后，他又勾结、哄骗了四个鬼物与他一起来了个“五鬼闹判”。这四个鬼是什么来头呢？“一个叫做轻薄鬼，生的体态轻狂，言语不实，最喜掇乖卖俏。一个叫做撩乔鬼，他能沿墙走壁，上树爬山，就如猿猴一般。一个叫做枭虚鬼，一个叫做得料鬼，这两个亦是撩蜂踢蝎，吹起捏塌之辈。”[①] 很明显，他们也是道德败坏的一类。

假鬼和奸鬼的出场机会不多，对其作者仅是一笔带过，但是仍可从中看出假鬼和奸鬼是于社会有害无益的恶鬼。地溜鬼说假鬼是“行事如捕风捉影，说话皆遮天蔽日”。假鬼本为愣怔大王的手下，却想借钟馗之手除掉愣怔大王，以趁机自立为王；后被色中饿鬼收留，他却“一者想受他的产业，二者好图他的老婆”。假鬼和奸鬼亦被钟馗斩于剑下。

---

① ［清］刘璋：《斩鬼传》，北岳文艺出版社，1989年版，第127页。

凡是道德败坏的鬼物都对社会产生了极坏的影响。虽然作者在文中具体刻画的是他们令人憎恨厌恶的不道德行为，但是由于这些鬼物实际上是社会上某一类人或现象的凝缩和提炼，所以作者担忧的是他们对社会、对人心所产生的更广泛、长远的恶劣影响："捣大之风倡而人无诚实，诓骗之风倡而人多诈伪，仔细、龌龊之风倡而骨肉寡恩之渐炽矣。"（康本作者自序）这些鬼物死于钟馗剑下也是理所当然的了。

总之，将以上数量众多的鬼物划为一类，主要着眼于他们道德层面的堕落及其对社会产生的恶劣影响。笔者认为如此分类与作者对他们的批判态度和情感倾向是契合的。

二、习性类

习性类人物是指那些言行举止在性质上属于习惯或性情范畴，其危害相较道德类人物要小得多，对社会和他人一般也不具备侵犯性的人鬼形象。作者对这些鬼物产生不满的原因有两点：一是有些鬼物的行为虽本属于个人的习惯或性情，然而如果不加制止的话，也会蔓延成一种普遍的社会现象，对正常的社会秩序造成严重的不良影响，如醉死鬼；二是某些鬼物所代表的某种性情不符合儒家对君子性格塑造的要求，如温文尔雅、谦恭礼让、稳健通达等，这些鬼物有冒失鬼、温尸鬼、急急鬼、遭瘟鬼、风流鬼、黑眼鬼、发贱鬼、诌鬼、不通鬼、心病鬼、讫施鬼、乜斜鬼和愣怔大王。下面就对他们进行简要的分析。

醉死鬼与色中饿鬼是在第九回被钟馗斩杀的，他们俩被安排在一起无非是为了表达酒色伤身害人的道理，希望引起人们的警惕。但是从性质上看，二者却有明显的不同，色中饿鬼把人家的妻女囚禁在密室中日夜取乐，还到处淫人妻子，这已经不是个人习惯的事了，用作者的话说就是"淫乱风俗"，属于道德败坏的一类，理应被斩杀。而醉死鬼实际上只是一个嗜酒如命的人罢了，他爱好饮酒却并没有害人的欲望与行为。因此，醉死鬼的嗜酒行为没有侵犯社会、他人的利益，也就算不得有道德缺陷。当然，饮酒过度也会有不良影响，从个人方面来讲，不但会损害身体健康，耽误自己的生活与工作，而且醉酒之后必然丑态百出、不成体统，用作者的话说就是"败坏威仪"。所以，钟馗在舌战群仙的时候也以"冠婚丧娶，酒非滥觞，故礼饮不过三杯。岂如尔等终日沉酣，败坏礼俗耶”[①]责问山涛等人。从社会方面讲，如果酗酒之风大起，那么定然会影响社会生产、礼仪教化。因此，醉死鬼属于被斩之列，是因为他的嗜酒行为可能会产生不良的社会影响，而不是因为他道德败坏和堕落，他的行为仅仅是一个没有恶意的个人习惯罢了。

黑眼鬼是钟馗所斩鬼物中比较棘手的一个。他是一个什么样的鬼呢？作者把钟馗眼中的黑眼鬼描写得非常生动：

> 怎见的他这黑眼处，且不论他五官不正，嘴眼歪斜，只见他这付性情亦与人大不相同。人说好他偏要说歹，人道长他定要道短。若遇着斯文的，他定要显他的粗疏，遇着豪杰，他故意假充经纪。且是本不通文，他也要满口书袋，本不生涯，他也要假装精细。正所谓好人之所恶，恶人之所好，此之谓也。[②]（第八回）

为什么白眉神就能降服和活捉黑眼鬼呢？这是因为他在妓院里见惯了黑眼，不以为奇。娼门中的“那些乌龟们享赛，耍草鞭，吹胡须，揸红抹黑，扭捏装腔。至于那些姐儿们，俊的还好，更有那丑恶异常的，他亦要撅嘴上抹了些胭脂，肥脸上盖了铅粉，大脚上穿了红鞋，扭腰彻胯，备极丑态。本是打他，他反以为爱；本是骂他，他反以为亲。及至分离的时候，又要三行鼻涕两行泪。是拿犁捉耙之冰，竟要做才子佳人的模样”[③]。可见黑眼鬼是指那些装腔作势、故作姿态、让人看了极不舒服的人。“黑眼”是西北地区的方言词，指的就是这个意思。这样看来，黑眼鬼也算不得道德败坏的一类，只是因为他这种虚伪做作与一般人不同，会使人看了不舒服，不愿搭理，但是他没有害人之心，没有违反社会道德。

第八回中有一个情节非常有意思，黑眼鬼斗不过钟馗和白眉神时就会将身子变小，钻进对方的眼睛。钻眼睛这种形象化的描写，表明人们看了黑眼鬼的言行举止后会难受，但黑眼鬼会变小又是从何说起的呢？我们可以从清代李汝珍的《镜花缘》中找到答案。该书第十九回写多九公介绍靖人国风俗时说：“此地风俗浇薄，人最寡情，所说之话，处处

---

① ［清］刘璋：《斩鬼传》，北岳文艺出版社，1989 年版，第 162 页。
② ［清］刘璋：《斩鬼传》，北岳文艺出版社，1989 年版，第 140 页。
③ ［清］刘璋：《斩鬼传》，北岳文艺出版社，1989 年版，第 146 页。

与人相反，即如此物，明是甜的，他偏说是苦的；明是咸的，他偏说是淡的；教你无从捉摸。此是小人国历来风气如此，也不足怪也。”[①] 此处的靖人国出自《山海经·大荒东经》：“有小人国，名靖人。”[②] 比较可知，靖人（或云小人）和黑眼鬼乃同一类人。李汝珍因这类人之人格猥琐，故将他们的形象设定为身材极其短小，恰好《山海经》中有小人国的记载，遂将二者结合起来。《斩鬼传》中的黑眼鬼可以将身体变小钻入钟馗眼中，正是对《镜花缘》的借鉴。

遭瘟鬼是迂腐、顽固、不通人情的读书人，他“开口就讲道学，举步俱要安详”，甚至“出恭之际，犹必正其衣冠；冒雨之时，未尝乱其足步”。只看他把《孟子·滕文公下》中的“月攘一鸡”解释成盗贼不肯浪费时间每月都按时偷鸡，就知道他是多么的死板和迂腐了。风流鬼则与遭瘟鬼完全相反，他为人轻狂、风流，虽然才思诗情尚可，“只是做人轻荡于花柳之间，全无中规中矩的气象”（第六回县尹语）。他月下看到美女佳人，第二天就害起了相思病，靠伶俐鬼为他出谋划策。这种“私订终身后花园”的才子佳人式的风流韵事虽不符合封建礼教的规定，然而风流鬼轻浮、风流的秉性也尚不至于严重到损人利己的程度，钟馗就此评价风流鬼：“足下才情极好，只是微带轻薄，犹非诗人忠厚和平之貌。”这就是笔者为什么没有将风流鬼与色中饿鬼划分为同一类的原因。

冒失鬼、温尸鬼是一对性格恰好相反的鬼，一个莽里莽撞，丝毫不知温良恭俭让之礼；一个慢条斯理，缺神少气。正如乾本旁批所云：“二鬼虽不伤人，实足害事，也该斩了。”[③] 急急鬼脾气急躁；发贱鬼欺软怕硬；诌鬼喜欢满口胡诌，说大话糊弄人，虽然这一点与捣大鬼相似，但是他并没有骗人钱财，仅是吹牛胡诌，自以为是，到了自不量力的程度，以致死于钟馗剑下。不通鬼是当时满腹草莽、不通文辞却自鸣得意、自诩才高一类文人的统称；心病鬼是杞人忧天的代名词，不必要的焦虑使得他失掉了常人之心；挖施鬼是打肿脸充胖子、死要面子活受罪、虚荣心极强的一类人；乜斜鬼和愣怔大王则是愚蠢、憨呆的代表，

① ［清］李汝珍著，张友鹤校：《镜花缘》，人民文学出版社，1979 年版，第 135 页。

② 袁珂校译：《山海经校译》，上海古籍出版社，1985 年版，第 145 页。

③ ［清］刘璋：《斩鬼传》，北岳文艺出版社，1989 年版，附录，第 206 页。

《榆社县志》中“行事多愚憨，不为绮语”[①]的记载，极有可能就是二鬼形象塑造的现实依据。

上述这些鬼物都存在着某些习惯或性情方面的缺陷和不足，他们或是有不良习惯，客观上有碍社会正常秩序，或是性情乖僻，让人生厌，且有违夫子之道。当然，作者在书中对这些鬼物的惩罚也都是严厉的。

三、社会世态类

除上面两类外，书中的其余鬼物都属于社会世态类。所谓社会世态类人物，指人物身上具有一定的普遍性或规律性，小说通过他们的人生经历反映某种社会现实。当然，上面两类鬼物本身也都是某一类社会现象的反映，但是他们又可具体归类到道德或习性层面，而社会世态类的鬼物起到的只是映射人情世态的镜子的作用，他们是作者抒情达意的工具。这类人物有钟馗、富曲、咸渊、讨吃鬼、要碗鬼、叫街鬼、白眉神、穷胎鬼。

钟馗与富曲、咸渊是《斩鬼传》中的三个主要正面人物，他们三个都是被当时的黑暗官场和奸臣迫害至死的怀才不遇之人。钟馗虽然才华横溢、正直善良，但相貌丑陋，皇帝因此不想把状元桂冠给他，奸臣卢杞也极力教唆，钟馗一气之下拔剑自刎。“钟馗的自杀，可以说是对世俗观人但取外表的讽刺，更是对这种世俗习见的抗议。”[②] 而富曲、咸渊二人则分别代表受奸人陷害的文人和武将。胡万川敏锐地发现：“其实含冤（即咸渊）与负屈（即富曲）便是钟馗心境的另外的化身。”[③] 所以，三人形象的塑造主要是表达了当时有才学、有理想的文臣武将难容于黑暗官场的现实，是作者愤懑不平之情的投射和寄托。

讨吃鬼、要碗鬼与叫街鬼为什么也放在社会世态一类呢？三人分别是龌龊鬼、仔细鬼和急赖鬼的儿子，他们的父辈靠着刻薄贪吝积攒下万贯家财，尤其是龌龊鬼和仔细鬼，一生吝啬到了极点，而讨吃鬼、要碗鬼和叫街鬼却挥霍无度，追求豪华奢侈的生活。这就是所谓的物极必

① 《山西通志》，见《四库全书·史部·地理类》第543册，上海古籍出版社，1987年版，第514页。

② 胡万川：《钟馗神话与小说之研究》，文史哲出版社，1980年版，第167页。

③ 胡万川：《钟馗神话与小说之研究》，文史哲出版社，1980年版，第168页。

反，所以作者塑造讨吃鬼、耍碗鬼和叫街鬼等形象是为了表现“悭吝揩财，必生败家之子”这个道理。再说他们三人也确实没有什么违反法律或触碰道德底线的行为，只因父辈太过节俭，因此他们当家后想过得舒服称心点，加上一群帮闲恶棍的极力撺掇、诱惑及欺诈，才把家业败得一干二净。作者对他们三人没有太多的褒贬意图，只是希望借此警醒读者。《汉书·韦贤传》中记载邹鲁谚语曰：“遗子黄金满籯，不如一经。”[①]《三字经》将其改为“人遗子，金满籯；我教子，惟一经”[②]。《斩鬼传》中三个败家子形象的塑造与他们的父辈一起承担了表达该主题的功能。正是因为如此，钟馗只是狠狠地教训了三个败家子，并且赏赐给他们百文钱，允许其改过自新。

白眉神在书中是不是跟通风老人一样只是一个捉鬼的工具，没有任何批判意义呢？笔者认为并非如此。虽然白眉神在书中没有具体的性格刻画，但他的前身是春秋时的柳盗跖，被供奉于娼妓之家，因此白眉神也具就有了反映和讽刺世风日下的社会现实的作用，即钟馗所说的“男盗女娼”。

穷胎鬼显然是作者借以表达愤懑之情的人物形象。首先，作者交代了穷胎鬼“虽穷，相交的却是一般高人”，伯夷、叔齐、颜回等都与他是莫逆之交，“唯有钱神可恶，再不肯见他”。作者在此揭示了世上善良高尚的君子多受穷苦，而卑鄙奸邪的小人却常常能发家致富、享受荣华的不公平现象，与关汉卿《窦娥冤》中窦娥的唱词意义相近：“为善的受贫穷更命短，造恶的享福贵更寿延。”[③] 其祭文中的“念予赋性恬淡，制行孤洁，无狼狈之心，无奔波之脚，无媚世之奴颜，无骗人之长略。因致予之无由，故教予之不屑”[④]，和“见一黄人揖予而言说：子今改弦易辙，吾将引类而呼朋矣。但子仁义尚存，廉耻未去，无入门之法，奈何”[⑤]，其实也表达了同样的意思。其次，祭文中有一段文字特意点明了金钱在世俗社会的功用和价值：“爱子有灵，神鬼可通；爱子有势，

---

① ［汉］班固：《汉书》，中州古籍出版社，2004 年版，第 915 页。

② 陆林辑校：《三字经辑刊》，安徽教育出版社，1994 年版，第 9 页。

③ ［元］关汉卿著，康保成、李树玲选注：《关汉卿选集》，人民文学出版社，1998 年版，第 20 页。

④ ［清］刘璋：《斩鬼传》，北岳文艺出版社，1989 年版，第 137 页。

⑤ ［清］刘璋：《斩鬼传》，北岳文艺出版社，1989 年版，第 138 页。

爵禄可致。胡动而谄者立至，足举而侍者候门，舍君奚至？然则君之为用大矣哉！”[①] 这段话明褒暗讽了社会上流行的金钱至上论，嘲弄了那些为了金钱而自甘堕落的世俗群像。

总之，上述社会世态类人物主要被用来表达作者的某种人生感慨或社会态度，亦可称之为功能性形象。

四、政治类

政治类人物指的是书中那些出现在人物对话或叙述语言中，没有相关情节描述，属于侧面虚写的人物形象。这些人物大都属于历史上祸国殃民的政治小人，作者对他们抱有一种强烈的厌恶和鄙弃态度，所以笔者将他们单独分类，姑且称为政治类人物。

第一回中的卢杞是较为特殊的一个，他是唯一一个在幕前活动的政治类人物。卢杞作为德宗朝丞相，是历史上有名的奸臣，在《斩鬼传》中则是迫害钟馗致死的主犯。另外，描写地狱的一篇韵文中有这么两句：“牛头马面簇拥曹瞒才过去，丧门客勾牵王莽又重来。”曹操与王莽是历史上众所周知的篡逆之徒，因此二人也属于此类人物。

第二回中咸渊、富曲自述身世时提到的杨国忠和安禄山，也是妒贤嫉能、奸邪误国的政治败类。

另外，第八回中黑眼鬼的手下不刁人和死大汉是张六郎和吕布的后身；第九回中被色中饿鬼所拘禁的淫妇们正是吕太后、武则天、赵飞燕、杨贵妃、贾充女、虢国夫人等历史上著名的红颜祸水的后身。在此刘璋借因果轮回观来表达对他们的痛恨和不屑，当然他给出的理由则是他们生前犯下了淫欲之罪，比如张六郎生得美貌，“人皆爱他，故有许多淫欲之罪，今日使他转了不刁人”（第十回）；而吕太后之类也是“因他淫欲无度，所以罚他转了此辈”（第十四）。

对于这些祸国殃民的政治奸邪小人，刘璋自然是满腔愤怒，所以这些小人在地狱中也都得到了应有的痛责和惩罚。第十回中阎王告诉钟馗说：“王莽、曹操已在阿鼻中数百年。至于安禄山、杨国忠，已将他罚转牛类了，生前受无限的苦楚，临死还要偿他一刀，剉骨剐皮，其罪莫

---

① ［清］刘璋：《斩鬼传》，北岳文艺出版社，1989 年版，第 137 页。

大也。”陷害钟馗的卢杞则被下了油锅，煎炸得皮骨散落，最后被阴兵分着吃了。

以上我们对《斩鬼传》中的众多人鬼形象进行了较为细致的类型分析，从中可以清晰地看出作者不同的批判态度和情感倾向。笔者认为这样的人物类型分析是探究作品的思想价值的基础和前提，有其合理性和必要性。

第二节 《斩鬼传》的讽刺价值

在对全书人物作了具体的类型分析之后，探究和阐释《斩鬼传》的思想内涵和价值取向是接下来的主要任务。通观全书和有关资料，可以看出作者具有浓厚的名教思想，对儒家思想尤其是中庸思想是虔诚服膺的，对佛教的轮回果报思想也非常熟悉，对道教在一定程度上也不排斥。另外，作者愤世嫉俗的人生态度和勇于承担的社会责任感也在人鬼形象的刻画中表现得极为明显。

首先，对群鬼形成原因的分析体现出作者对孔孟思想的推崇和尊重。第一回回前诗首联“世事浇漓奈若何，千般变态出心窝”就着重点出了人事乖违、世事浇漓的千般变化都是个人主观因素所导致的。作者接着解释说人“及至受生之后，习于世俗，囿于气质，遂觉迥然各别”[①]，提到了外在环境对个人品行的影响。阎罗王也表达了同样的意思，他向钟馗分析和解释了人鬼的区别在于方寸之间：“方寸正时，鬼可为神，方寸不正时，人即为鬼。”同时，他又具体阐述了地域环境对人鬼形象的重要影响：“大抵地方繁华处，轻薄、风流等鬼多。地方鄙俗处，仔细、龌龊等鬼多。地方浇漓处，捣大、扢喳等鬼多。”[②]这其实是辩证地从内外、主客两方面看待人变鬼。

上文提及的道德类人物就是一群过度追求物欲、色欲等而危害社会的道德败坏、性情异常的人。第三回通风老人所说的“但凡做事，要从

---

① ［清］刘璋：《斩鬼传》，北岳文艺出版社，1989年版，第6页。

② ［清］刘璋：《斩鬼传》，北岳文艺出版社，1989年版，第13页。

根子上做来”，其实是作者借以表达良知乃人之根本的观点。第四回醅脸鬼与钟馗交换了厚脸，却因藏在其中的“良心发现”而变薄脸，最终战败，也说明了良心是人之所以为人的基本条件。作为伦理道德学说，儒家思想要求士人先要从培养自身的道德修养做起，然后以高尚的品德、正直的人格、无私的精神服务于社会，如此方能济国利民、兴邦安国，此即《大学》所提倡的“修身、齐家、治国、平天下”之伦理政治观的逻辑思路。发现个人与生俱来的良心良知并保持不变，便是修身为君子的基本理路，如孔子强调“孝悌”乃为人之本，并提出“忠恕”和“亲仁”这两条将每个人源自血缘关系的孝亲之善念发扬光大的修身途径；孟子则提倡“性善论”，从而为其“四端”说张本。后世的儒学，不论是理学还是心学，在这个问题上均保持了高度的一致，朱熹所说的“存天理，灭人欲”和王守仁“灭山中贼易，灭心中贼难”的观点在本质上毫无二致。刘璋曾借元代大儒刘衡的话表达了同样的看法：“人心犹印板然，板本不差，虽摹千万本皆不差。”[①] 可以看出刘璋是一位立身严谨、具有深厚的儒学伦理修养的正统人士。

其次，小说中的斩鬼方式亦表现出作者具有根深蒂固的中庸思想。中庸思想是儒家的核心思想，即孔子所谓的“中庸之为德也，其至矣乎！民鲜久矣”（《论语·雍也》）。到了宋代，理学家将《中庸》从《礼记》中单独抽出，作为“四书”之一，赋予其与《论语》《孟子》等同的崇高地位。在漫长的传播过程中，中庸逐渐成为中国人基本的行为方式和处世态度。它不但要求人们在行为方式上要不偏不倚，为人处世有一定的限度和范围；而且在性情方面也要平稳中正，不急不躁。小说作者对“习性类”鬼物的态度和处理方法就明显表现了这一点。第三回写钟馗在弥勒佛的帮助下斩了捣大鬼等三鬼，在寺庙休息时遇到了温尸鬼和冒失鬼，此二鬼一个懒惰无力、慢条斯理，一个冒失鲁莽、不知斯文。钟馗想出一个“衰多益寡”的法子，就用宝剑“将两个鬼一剑一个，劈成四件，合拢将来，依然变成两鬼”。果然，“只见两个鬼，温尸的也不温尸，冒失的也不冒失，竟成一对中行君子”（第三回）。第六回

① ［清］王植：《县尹刘于堂寿序》，见《崇雅堂稿》卷三《序》，《四库全书存目丛书》1997年影印，第272册。

中，在知县介绍完风流鬼和遭瘟鬼后，钟馗表达了对缺了中庸之德的痛心疾首："罢了，罢了！孔夫子尚说'不得中行而与之，必也狂狷乎。'中行原是难得的，古今以来能有几个？"当他与风流鬼相见时，也曾诚恳地规劝道："足下才情极好，只是微带轻薄，犹非诗人忠厚和平之意。"第八回写心病鬼"就动了一点不忍之心"至"只下了一帖'宽心丸'，如今好了"一节时，有眉批云："心气贵于和平，过用忧思自是取死之道，故以'宽心丸'治之。"① 此回中"这鬼名为急急鬼"至"真所谓急急鬼也"一段亦有眉批，曰："人生性与命相连，过急则伤性，伤性即伤命，焉得不死？"② 另外如黑眼鬼、乜斜鬼和愣怔大王等均是性情异常之辈。第四回和第五回主要写龌龊鬼、仔细鬼和讨吃鬼、耍碗鬼（分别是二人的儿子）的故事，他们之所以受到作者的斥责，是因为他们的生活态度和方式不符合中庸之道，两个父亲吝啬到极致，两个儿子则是奢侈无度的代表。总之，中庸之道在作者刘璋心里成了衡量人物行为和性格的一个非常重要的尺度。

既然提到了作者关于群鬼形成原因的认知和斩鬼方式的选择，就有必要关注一下作者的写作动机。我们知道，劝人为善有两种途径和方式：一种是通过教化，使人自觉地走上行善之途；一种是通过刑罚，使人不敢作恶。前者表现为道德规范和宗教信仰等，后者则以军队、法律、监狱等国家暴力机关为代表，即儒家所谓的礼与刑。二者的效果和适用范围各有不同。孔子云："道之以政，齐之以刑，民免而无耻；道之以德，齐之以礼，有耻且格。"（《论语·为政》）刘璋选择的是类似于后者的方式，其在自序中提到："使人知所畏而为善也。"阎王说他们这些鬼物"欲加之以王法，彼无犯罪之名；欲彰之以报应，又无得罪之状"（第一回），即他们违反了社会道德规范，但是尚未触犯法律底线。阎王给出了一定的建议："驱除之法，不可一概而论。得诛者诛之，得抚者抚之，得怜者怜之。"（第一回）但是简单总结一下钟馗处理群鬼的方式，可以看出还是以诛为主、以罚为辅的，对"道德类"和"习性类"人物基本上都给予了严厉的惩责，只有"社会世态类"中的讨吃

① ［清］刘璋：《斩鬼传》，北岳文艺出版社，1989 年版，附录，第 233 页。
② ［清］刘璋：《斩鬼传》，北岳文艺出版社，1989 年版，附录，第 235 页。

鬼、耍碗鬼和叫街鬼得到了教训和安抚，心病鬼和穷胎鬼得到了同情和怜悯。

结合群鬼形成的原因来分析，钟馗斩鬼似乎不合情理。因为既然群鬼大都是因为内心不安分任意妄为而成为鬼的，那么让其幡然悔悟走上正途才是正确的方法。对此，笔者认为作者的这种选择受儒家伦理思想在现实生活中缺乏一定的可操作性、钟馗斩鬼题材的局限及佛教思想的影响。

首先，孔子要求读书人必须有自觉求仁的愿望和行动，所谓“我欲仁，斯仁至矣”，“求仁得仁，又何怨乎”（《论语·述而》），“见贤思齐焉，见不贤而内自省也”（《论语·里仁》）。而孟子由“性善论”出发，认为人之所以变恶，乃外在的诱惑引发了个人内心的欲望，因此他主张通过后天的自我省思来达到发扬善端和化恶为善的目的。更不用说朱熹的“存天理，灭人欲”和王阳明的“灭心中贼”的观点了。总之，儒家这种寄希望于个人主观努力的道德修养方法，在实际的操作过程中具有很大的局限性，毕竟每个人的自制力和追求完美的信念是有个体差异的。对此，作者应该是心知肚明的，甚至有着切实的人生体验。

其次，钟馗自古就是斩鬼的神灵和英雄，如果在作品中将其塑造成一个唐僧式的思想教育者，只会一味地苦口婆心地劝导和说教，那么钟馗这一形象就会失去原有的色彩和意义，还会使作品因冲突的减少甚至消失而变得呆板、枯燥和无聊。

另外，这种情节设置与作者深受佛教文学的影响有关。小说第一回描写钟馗的灵魂晃晃悠悠到了阴间一事，其中写道：“目连母斜倚监口盼孩儿。”而且作者在跋中亦自诩：“诚问上古之五刑，后王之三尺，阴曹之剑树刀，有如钟馗老子一剑否？有如我烟霞散人一笔否？”[①] 其中“阴曹之剑树刀”来自佛经故事目连救母，该故事流传甚广，后以变文、戏文形式出现，如明郑之珍的《目连救母劝善戏文》就是在前代各种文学作品的基础上加工而成的。在目连戏文中有鬼魂在地狱受刑的描写，如《大目连冥间救母变文》中目连行经的第二个地狱即刀山剑树地

① ［清］刘璋：《斩鬼传》，北岳文艺出版社，1989年版，附录，第192页。

狱。[①] 不难想象，佛教徒为了证明佛教的真如教义，扩大佛教的影响力，必会极力强调果报轮回之实有，即行善积德死后升天，为非作歹死后则入地狱，用变文中的话说就是："造罪之人落地狱，作善之人必升天。"[②] 并且将地狱之痛苦渲染到无以复加的地步，以起到警告威慑的作用。毫无疑问，刘璋正是这种劝诫模式的积极借鉴者和模仿者。

至于主观因素，一是作者愤世嫉俗的批判态度，现实中龌龊的人和事让他无法消解，这一点也促使他用艺术手法在作品中斩杀群鬼以泄愤激之情。据此对作者"使人知所畏而为善也"的创作构思也就容易理解了。二是作者自知手中无权，心有余而力不足，所以希望通过对这些代表社会污浊现象的群鬼进行严厉的处罚而起到威慑、警诫之效果。作者自序中"第存其心也，而不能操其权"一句就表明了如此选择的主观因素。刘璋后来任深泽县令，"尝设大竹于庭，谓将以创蠹民者，然卒未尝数用"[③]。他设重罚的目的只是为广大百姓敲响警钟。刘璋主要采取教化、安抚的方式教育民众，他选择老成忠厚之人为"乡平"，其职责就是"小事令劝谕，讼多中止"[④]。从作者在现实中掌握一定权力后的为政策略来看，其使民为善的做法正是德威并重、赏罚兼施。在清楚了解了作者的创作构思及原因之后，我们就很容易明白钟馗及咸渊、富曲对待某些鬼的态度了。钟馗等人在斩某些鬼之前，一般都要对他们进行一番苦口婆心的思想教育，但这些教育往往不能奏效，无奈之下钟馗等人只有通过各种办法除掉他们。第二回叙写钟馗等人与捣大鬼、扢喳鬼、寒碜鬼三鬼对阵，咸渊提议要去劝告一番，如果能够使他们改过自新，"亦是消魔之一法也"；结果不但没有劝动三鬼，反而被扢喳鬼"一席话说的这咸渊牙痒难当，只得败回阵来"（第二回）。最终这三鬼被弥勒佛吞进肚中。在第九回中咸渊又主张先对醉死鬼进行引导教育，而后"再作定夺"，亦是无果，最终还是钟馗持剑斩之。这种情况客观上反映了儒家伦理思想在实践中的缺陷，以及作者对此缺陷的清醒认识。

---

① 项楚：《敦煌变文选注》（增订本）（上），中华书局，2006年版，第842～945页。

② 项楚：《敦煌变文选注》（增订本）（上），中华书局，2006年版，第876页。

③ ［清］王植：《县尹刘于堂寿序》，见《崇雅堂稿》卷三《序》，《四库全书存目丛书》，1997年影印，集272册。

④ ［清］王植：《深泽尹二刘合传》，见《崇雅堂稿》卷四《传》，《四库全书存目丛书》，1997年影印，集272册。

最后需要谈一下《斩鬼传》中体现的佛教思想。作者在自序中明言其创作是受到了明王佛的影响。不仅如此，作者还将佛教的轮回果报思想作为政治类人物的批判武器。政治类人物多是历史上误国害民的奸臣逆子，因他们前世作孽，最终在阴间受到了严惩并被罚转为猪、狗、牛之类，像曹操、杨国忠、安禄山及卢杞之流更是在阴间受到了无穷的苦楚。笔者不敢轻易断定作者就是一位虔诚的佛教徒，但可以肯定的是他对佛教的基本教义和思想是极为熟悉的，这与当时的文化背景有关。从唐宋一直到明末清初，读书人对三教融通思想的接受似乎是顺理成章之事。刘璋当然也不例外，他以一种包容的心态和中国人特有的实用主义思想对待各种思想资源，凡是能够加强人们道德修养和维系社会和谐的思想，他都乐意接纳，为己所用。《斩鬼传》第九回的回前诗直接表达了作者对三教思想相通之处的肯定和赞赏："守本分就是中国良民，明道理就是圣门弟子，保精神就是玄教修炼，存仁义就是佛氏心肠。"①

总之，笔者按照孔孟思想对《斩鬼传》进行解读，可以基本肯定作者对孔孟思想尤其是中庸之道的虔诚和服膺；同时也可看出，在当时三教合流的文化背景下，佛道两家的某些宗教精神和表达方式也对作者及《斩鬼传》的创作产生了积极的影响。

① ［清］刘璋：《斩鬼传》，北岳文艺出版社，1989年版，第155页。

第二章 《斩鬼传》的讽刺艺术

《斩鬼传》是一部饶有民间趣味的通俗讽刺小说。大多数研究者对它的创作特色的认识并不全面、深刻，如王青平曾对作品整体作出一定的肯定评价："作品对社会上的种种恶德败行进行了辛辣的嘲讽，想象构思丰富奇特，讽刺手法巧妙多姿，语言通俗有力，妙趣横生，不但可以称为名符其实的讽刺小说，而且还是我国讽刺小说中一部较好的作品。"① 吴淳邦也在《清代长篇讽刺小说研究》中总结了《斩鬼传》的艺术成就：

> 尤其在人物、情节的描绘上，运用对比、夸张的技巧，加上对各种恶鬼的塑形所运用的贬抑模仿，使文笔突梯滑稽、幽默丛生，从中露出强烈的批评态度，此书愤懑露骨的语气，在在表示作者对恶风坏俗的憎恨，因而痛切责备人情的险恶，又披上鬼怪寓言的外衣，终于开拓了全书讽刺的风貌。②

以上论述不够深入既与《斩鬼传》在文学史、小说史上的地位有关，也与研究者对民间表达方式较为陌生，对作者的创作思路认识不清有一定的关系。

其实，作为一部严格意义上的讽刺小说开山之作，《斩鬼传》的故事叙述也同样借鉴了包括戏曲、小说、笑话在内的通俗文学的诸多艺术形式，并对后来的讽刺小说的发展具有重要的启迪和影响。笔者下面将从人物塑造、讽刺手法、语言运用三个方面对《斩鬼传》的创作特色进行探析，并对其艺术价值、影响加以总结和定位。

---

① 王青平：《〈斩鬼传〉的版本和作者》，见［清］刘璋：《斩鬼传》，北岳文艺出版社，1989年版，附录，第276页。

② ［韩］吴淳邦：《清代长篇讽刺小说研究》，北京大学出版社，1995年版，第49页。

第一节 群鬼形象的塑造方法

中国古典小说在漫长的发展历程中积累了丰富多彩的人物塑造方法，明清许多著名的小说批评家对此进行了积极的总结，以李贽、叶昼、金圣叹、毛宗岗父子等人为代表。《斩鬼传》的人物塑造方法同样十分精彩，人物塑造的具体技巧如肖像描写、语言描写、行为描写及对比手法等，属于正面描写或者说实写，同时又是作者进行人物讽刺的主要方法。因此，在本节中，笔者仅打算对《斩鬼传》中两种典型的人物塑造方法进行探究，其他塑造方法则放在第二节“丰富多彩的讽刺手法”中讨论。

一、虚实结合，正面描写与侧面描写紧密配合

虚实结合是中国古典小说描写人物常用的技法，实写乃正面描写，虚写则为侧面描写，如《三国演义》中诸葛亮的出场就成功运用了侧面描写为主、以虚写实的手法。刘璋在《斩鬼传》中也熟练运用了虚实结合的技法来刻画群鬼形象。

《斩鬼传》主要通过正面描写群鬼的外貌、言行举止，侧面交代群鬼的生平经历来塑造人物。小说第二回中，捣大鬼一出场就是一副洋洋自得、装腔作势的模样，作者用一短篇韵文介绍了捣大鬼后仍故意不交代明白，只是说：“原来此鬼一生好捣，今日来原欲捣这些和尚，骗些钱使。”[①] 这是正面刻画，即实写。后来通风老人向咸渊解释了捣大鬼的身世，则属于侧面描写，即虚写。之后捣大鬼等三鬼与钟馗等人交战，将钟馗等人折腾得“牙痒的牙痒，筋疼的筋疼，恶心的恶心”[②]，这属于严格意义上的正面刻画。知客对温尸鬼的粗略介绍是虚写，众人眼中温尸鬼的疲惫慵懒模样和他自己慢条斯理的自述则属实写。至于无耻山寡廉洞的五鬼，通风老人的介绍是侧面描写，五鬼与钟馗交战所表

① ［清］刘璋：《斩鬼传》，北岳文艺出版社，1989 年版，第 23 页。
② ［清］刘璋：《斩鬼传》，北岳文艺出版社，1989 年版，第 31 页。

现的各自的性格则是正面实写。还有文笔粗鄙可笑的不通鬼、急赖鬼向仔细鬼等的详细交代是虚写，之后其一窍不通却自以为是的表现则为实写。其他如倒塌鬼、低达鬼、风流鬼、遭瘟鬼、黑眼鬼、发贱鬼等的出场描写和性格刻画也属于这种情况。

当然，《斩鬼传》中也有完全从正面对鬼物进行淋漓尽致的揭底式描写的情况。比如第三回中的冒失鬼，作者用韵文形式向读者转述了自己所见到的冒失鬼模样，极为形象生动，富有谐趣：

> 本非傲物，恰像斯人。有话便言，那里管尊卑上下；有酒便饮，并不解揖让温恭。东沟犁，西沟耙，说将来全无根据。但遮前，不盖后，做出管甚周详。一充性子，闯出祸来，方才破胆；三分粗气，弄下鬼，始觉寒心。正是：
>
> 但知天下无难事，不信人间有细人。[①]

紧接着作者又介绍道："你道此人是谁？原来是簿子上说的那冒失鬼是也。"这些完全是作者以全知视角所作的详细介绍。同样，作者也正面交代了伶俐鬼的丑陋德行："且说这醄脸鬼，他住在无耻山寡廉洞，他身边还有一个军师，生来凡事精详，处事的当，因此人都起个混号，叫做伶俐鬼。"[②] 接着就写伶俐鬼在强敌压境的情况下，一味想着如何自保而不顾主人死活的心理活动，同时也交代了他先投靠愣怔大王，又依附醄脸鬼，最后投奔风流鬼的伶俐劲。而在风流鬼死后，他又教唆几个小鬼一起把钟馗戏耍了一番，上演了一出"五鬼闹钟馗"的滑稽戏。作者以冷静犀利的笔调对伶俐鬼丑陋的灵魂进行了精细的刻画。另外，对讨吃鬼、耍碗鬼、诓骗鬼、丢谎鬼、抠掐鬼、偷尸鬼、急殨鬼、色中饿鬼、醉死鬼、乜些鬼和愣怔大王等人物的描写和介绍也都属于此种情况。

此外，完全采用侧面虚写的方式来塑造人物形象。这类形象的身份和性格特征仅依赖于他人的转述，便在读者心目中逐渐显现并清晰起来。第五回地溜鬼在向讨吃鬼、耍碗鬼和叫街鬼报信时顺便透露了假鬼的信息："你不知，他前者在此，闻的欠真山有个假鬼，来的到也利害，

---

① ［清］刘璋：《斩鬼传》，北岳文艺出版社，1989 年版，第 42 页。

② ［清］刘璋：《斩鬼传》，北岳文艺出版社，1989 年版，第 47 页。

行事如捕风捉影，说话皆遮天映日。与钟馗战了几场，被钟馗斩了。”[①]心病鬼和穷胎鬼的形象则是通过咸渊之口向读者交代的，急急鬼之性急的特征则是从富曲的介绍中表现出来的。

从上面的简要分析中可以看出，《斩鬼传》在介绍和描写人鬼形象时积极采用虚实结合、正反结合的艺术手法。其中，他人的侧面介绍仅为读者提供了一个概念式的模糊印象，只有在小说情节的矛盾冲突中把人物的性格特征淋漓尽致地揭示出来，才会产生更为强烈的批判力度和更加直观的讽刺效果。比如第三回中作者对仔细鬼和龌龊鬼的吝啬进行揭露和嘲弄时，通风老人只是向钟馗简单概括了他们的德行：“一个叫做龌龊鬼，他会吃人，再不肯交人吃他，真有半毛不拔的本事。一个叫做仔细鬼，任你贼打火烧，总不肯舍出一文钱来。”[②] 我们据此只能基本了解二鬼的秉性，直到第四回才能对这句话有更为完整和深刻的理解。酽脸鬼被钟馗斩杀后，其手下小妖跑去给龌龊鬼报信，而龌龊鬼“只得吩咐小鬼与他们看饭，每妖四十颗米的稀粥，咸菜一根”，后来想去找仔细鬼商量，担心路上要出恭就唤了一条狗跟着，半路果然要出恭，想不到狗也要出恭，他舍不得狗屎，就用草叶包了带着。到了仔细鬼家他又设计把掉在桌上的芝麻吃了，最后却由于为谄鬼饯行摊钱不均，他少出数个小钱又偷占了两个，以致仔细鬼与他翻脸。正面的刻画对人物性格的丰满和清晰起到了积极的作用。

《斩鬼传》中的侧面描写和正面描写都有比较独特的地方。如侧面描写，尤其是旁人的转述，除了介绍人物的基本情况以外，还起到了预示情节和促进情节发展的作用。如第三回钟馗一行偶遇通风老人，得知了酽脸鬼及其四个徒弟的消息，而后就是钟馗等设计斩掉缠绵鬼和酽脸鬼，一举消灭龌龊鬼、仔细鬼和急赖鬼等。所以通风老人对五鬼的侧面介绍也暗示了情节的下一步发展，告诉读者后面即将出场的鬼物，或者说是通风老人的介绍使得钟馗的斩鬼事业能够继续下去。同样，高级陪客低达鬼的出场也是通过倒塌鬼之口，而后低达鬼充分发挥其帮闲篾片的作用，使得丢谎鬼和诓骗鬼能够有机会使奸要诈把讨吃鬼和耍碗鬼的

① ［清］刘璋：《斩鬼传》，北岳文艺出版社，1989年版，第92页。
② ［清］刘璋：《斩鬼传》，北岳文艺出版社，1989年版，第43页。

家产骗得一干二净。但如何把钟馗与讨吃鬼、要碗鬼等联系起来呢？作者没有正面叙述低达鬼在讨吃鬼、要碗鬼打死倒塌鬼后怎样出逃，又如何碰到钟馗，而是让地溜鬼叙述了这一情节。

因为此处讨吃鬼等人才是叙述的重点，如果把叙述视角转到低达鬼和钟馗等人身上，那么叙述重点也会转移到他们身上，这样一来必然就会造成情节的中断和叙述的拖沓。但是，通过地溜鬼把钟馗斩假鬼及遇到低达鬼的情况转述出来，就能保证叙述中心始终聚焦在讨吃鬼等人身上，不必再对钟馗等人进行专门交代。因此，作者在叙述讨吃鬼和要碗鬼的情节时，通过倒塌鬼对低达鬼的侧面介绍，尤其是地溜鬼的报信，使得故事情节的发展更加顺畅和自然。

风流鬼和遭瘟鬼的出场也是借县尹的侧面介绍完成的。第六回钟馗斩掉抠掐鬼后在知县小园得知了风流鬼和遭瘟鬼之事，然而作者故意断开这条线索，转而叙述钟馗助县尹斩偷尸鬼、急殰鬼和丢谎鬼，到了第七回才续接上风流鬼和遭瘟鬼的线索。这样处理是因为诓骗鬼已经被抠掐鬼害死得到了报应，而其同伙丢谎鬼还在逍遥法外，有必要交代丢谎鬼的结局。如此一来，故事的叙述看似被中断，其实在情节安排上更加错落有致，而且故事的发展仍然在有序地进行。丢谎鬼遭到报应之后，小说情节自然会回到风流鬼和遭瘟鬼的线索上去，所以县尹的侧面介绍其实起到了预示情节发展的作用。

另外，黑眼鬼也属于这种情况。其实在大部分小说中，侧面介绍往往也是主要人物出场的前奏和提示，如《三国志通俗演义》中徐庶走马荐孔明一节，就是诸葛亮即将出场的序幕。然而，《斩鬼传》中的钟馗是奉命主动寻鬼斩鬼的，如何把这四十个鬼非常自然且合乎逻辑地与钟馗联系起来实在颇费脑筋。虽然作者特意设置了一个蝙蝠向导，还有一个地溜鬼通风报信，但是各个鬼物均由这两个途径出场的话就会使情节显得呆板、拖沓。因此通过书中人物的介绍把其他鬼物一个一个牵拉出来才是比较合理的方法。于是，《斩鬼传》中的侧面描写就成了人物出场的基本方式，也是钟馗斩鬼事业顺利进行的关键。

《斩鬼传》沿用了明代通俗小说以韵语形式进行人物肖像描写的做法，同时又有明显的发展和提高。在明代通俗小说中，人物首次出场时一般都要有一番细致的形象刻画，且常常采用韵文形式。然而，“这类肖像描写，从头顶到脚跟，静态罗列，毫无重点，既难以表现人物个性，亦不能传达出人物的情态。此种描写方式，主要是受说话艺术影响的结果”[①]。但是《斩鬼传》中的肖像描写在此基础上加入了更多的主观感情色彩。这自然与作者对话本小说的借鉴有关。与其他古典小说一样，《斩鬼传》的肖像描写也多用在人物第一次出场时，你看捣大鬼的形象多么可笑：

> 两道扬眉，一双瞪眼。两道扬眉，已生头顶中；一双瞪眼，竟在头骨上。谈笑时仰面朝天，交接处眼底无人。手舞足蹈，恍然六合内任彼峥嵘；心满意足，竟觉四海中容他不下。戴一顶凤头冠，居然尊其瞻视。穿一件蛇蚤皮，止算的设其衣裳。两个小童，不住着高呼低骂。一匹瘦马，那里肯漫走缓行。正是：
>
> 猫儿得意欢如虎，蟋蟀装腔胜如龙。[②]

这段文字既有对捣大鬼神情、服饰的传神描摹，也流露出作者的贬斥态度。“手舞足蹈，恍然六合内任彼峥嵘；心满意足，竟觉四海中容他不下”一句便嘲弄了捣大鬼不知天高地厚的狂妄自大。

第五回对低达鬼言行和性格的描写同样满含讥讽和嘲讽：

> 满面春风，一团和气。湾只腰，从不敢伸。缩着肩，那能得直。未谈先看人，两只眼钉住大爷之胡。未言先自笑，一张口朝着大爷之腹。身欲坐而恰像有钉，脚欲行而恰像有石。见了酒不知有命，逢着肉只愁没腹，叫头东不敢向西，唯取欢心。不避风雨那怕雨，岂惮劳碌。更有般绝妙处，劝老爷莫带草纸；他说道不打紧，有小人可以话屁。[③]

这段文字把低达鬼极尽巴结奉承之能事的丑态刻画得淋漓尽致，并且语含讥讽。此类例子尚有许多，不一一列举。总之，作者抛开了话本小说肖像描写常用的静态罗列的手法，而是把自己的一腔愤懑投射其中。

---

① 张稔穰：《中国古代小说艺术教程》，山东教育出版社，1991 年版，第 440 页。

② ［清］刘璋：《斩鬼传》，北岳文艺出版社，1989 年版，第 23 页。

③ ［清］刘璋：《斩鬼传》，北岳文艺出版社，1989 年版，第 82 页。

由上可知，《斩鬼传》中对人物的侧面交代和介绍起到了预示情节发展的作用；对人物的正面描写则与作品的题旨一致，是作者主观态度和情感倾向的直接体现。刘璋对这两种方法的熟练运用也是受到了古典小说业已固化的艺术传统的影响。

二、性格特征的形象化和行为化

将群鬼的性格特征加以形象化和行为化，是《斩鬼传》塑造人物的主要方法。人物的性格特征本属于抽象的东西，主要通过人物的言行举止体现出来。文学作品常常将人物置于一定的矛盾冲突中，从而展示其性格特征。中国自古就流传着人之善恶与其外貌特征一致的看法，认为恶人定是凶神恶煞的模样，小人则天生尖嘴猴腮、贼眉鼠眼，君子则必是浓眉大眼、仪表堂堂。这正如脂砚斋批贾雨村的肖像时所说的："最可笑世之小说中，凡写奸人，则用'鼠耳鹰腮'等语。"[①] 刘璋在此基础上更进一步，直接将人物性格中的某一方面以夸张手法物化为人物身体上或者行为上具有奇异色彩的特征。当然，这也与作者熟悉民间褒贬人物时所采用的方式有关。民间在褒贬他人时常以夸张、形象、生动的方法进行比拟，如讥笑一人小气，则说其是铁公鸡——一毛不拔；或者是铁笊篱——滴水不漏。下面笔者就书中的具体例子加以分析。

捣大鬼是小说中第一个出场的人物，作者对他的行为描写中有一个引人注目的细节。他一番天花乱坠般的吹牛把钟馗唬得不敢为难他，只是约好交战时间，这时，"只见他脚大不踏地，竟从半空而去"[②]。捣大鬼能够腾空而起，令人觉得不可思议。因为从第一回阎王的介绍中，我们知道这些鬼物本就是凡人，只是方寸不正，在道德、性情方面有缺陷才得了一个鬼号。所以读者会对捣大鬼的这种超凡本领感到诧异。然而从民间对捣大鬼一类人的评价和揶揄中又很容易找到答案。我们平时经常会听到人们讽刺那些自吹自擂、洋洋自得的人，说他们"吹破天了""吹到天上去了"，说他们骄傲得"快飘起来了"。其他文学作品中也有类似的例子，如唐代元稹《莺莺传》："张生飘飘然，且疑神仙之徒，不

① ［清］曹雪芹：《脂砚斋甲戌抄阅再评石头记》，上海古籍出版社，1985年版，第14页。

② ［清］刘璋：《斩鬼传》，北岳文艺出版社，1989年版，第24页。

谓从人间至矣。”[1] 鲁迅在《阿Q正传》中描写阿Q的精神胜利法时评价说：“看哪，他飘飘然的似乎要飞去了。”[2] 刘璋正是抓住了这一点，把捣大鬼一类人自鸣得意、目空一切的飘飘然神态直接夸张成捣大鬼具备腾空虚行的本事，更具讽刺力度。

另外，作者对酽脸鬼的铁脸的具体描写应该是受到了明代宪宗朝宰相万安脸皮的启发，万安在当时被公认为“面如千层铁甲，心似九曲黄河”。所以作者将这种说法形象化，为酽脸鬼设计了一副铁脸，并且外面用布包裹，又贴了几层桦树皮。酽脸鬼就以此脸为武器，死皮赖脸地到处揩油水。这种描写形象生动地嘲讽了社会上不顾廉耻的下流行为。

现实生活中欠债不还的人一般有三种行为：第一就是拖，以“明日准还”为借口应付讨债人；第二是借钱还钱，老百姓形象地将这种行为比喻为“拆东墙补西墙”；第三就是躲，像缩头乌龟一样跟讨债人玩捉迷藏。作者就是抓住了这类人的典型特征，通过描写急赖鬼一系列的躲债行为，塑造了一个生动的形象。当面对众多讨债人时，他居然挂出一面牌来，上面写着“明日准还”，躲在家里的急赖鬼原来正在拆东墙补西墙。最后钟馗追杀他时，他被逼无奈跳入水中，竟然变成了一只大缩头乌龟！（第四回）

另外，抠掐鬼的外貌描写与酽脸鬼相同，他长得“颊似猴腮，鼻如鹰嘴”（第六回），还有十个钢钩似的手指，“竟将诓骗鬼先抠其皮，后掐其肉”（第六回），须臾间害死了诓骗鬼，并且把来抓捕他的保正等人“抠的个个皮开，人人流血”（第六回）。正如乾本眉批所说的：“俗云：鼻如鹰嘴，抠人心髓。此之谓也。”[3] 这里作者把生活中那些习惯占人便宜、谋人财产的人的形象进行了夸张描写。抠掐鬼有一双能够抠皮掐肉的钢爪，作者如此描写，或许隐含了这样的信息：抠占别人财产的行为就如挥利爪害人性命一般，非常可恶。

《斩鬼传》这种将人物性格特征加以形象化和行为化的方法，反映

---

① 卞孝萱、周群：《唐宋传奇经典》，上海书店出版社，1999年版，第105页。

② 鲁迅：《阿Q正传》，见《呐喊》，人民文学出版社，1976年版，第111页。按，鲁迅先生在描写阿Q调戏小尼姑的神态时也用了“飘飘然”：“而且奇怪，又仿佛全身比拍拍的响了之后更轻松，飘飘然的似乎要飞去了。”

③ ［清］刘璋：《斩鬼传》，北岳文艺出版社，1989年版，附录，第224页。

了作者对民间社会言语表述方式和风格的熟悉，同时也表达了作者不可遏制的愤懑之情。需要指出的是，这种描写方法虽然在这部人、鬼、神杂糅的通俗小说中的运用并不突兀，然而并不适用于现实主义的叙事作品。

总之，《斩鬼传》中的人物塑造虽无法与中国古代的经典名著相提并论，但它也有自己的特色，其正面描写和侧面描写突破了古典小说一般性的叙事功能局限，并发展了将性格特征形象化和行为化的特殊方法。

第二节　丰富多彩的讽刺手法

作者刘璋对社会上众多的龌龊不堪的现象表现出极大的愤慨，具体表现为在塑造人物、叙述情节的时候采用了丰富多彩的讽刺手法。《斩鬼传》中大量生动活泼的讽刺手法是该书最富特色的艺术成就，下面拟对其中的几种主要讽刺手法进行总结和分析。

一、漫画式的典型情节

漫画是作者在对社会生活有深刻体验的基础上，对现实生活中的人和事运用夸张、想象和变形的手法进行刻画，以达到讽刺、针砭第目的的艺术形式。文学作品尤其是讽刺文学作品也常常模仿和借鉴漫画这种讽刺艺术。当然，漫画是以线条、颜色为表现手段，文学作品则以文字为讽刺途径，所要达到的漫画效果需借助于读者的想象来完成。刘璋在讽刺群鬼的恶德败行时常采用这种手法，他对群鬼的某一特征尽情地夸张、夸大，甚至有时不惜损害人物形象的真实性和合理性。

《斩鬼传》中鬼物出场时的肖像描写基本都是一幅滑稽可笑、引人深思的肖像漫画。这些描写不但以夸张、奇特的形象体现了作者的讽刺意图，而且还配有作者嬉笑怒骂、犀利激烈的评论文字，讽刺效果更为强烈。我们仍以捣大鬼为例（引文见上），你看他昂首挺胸，两眼上翻，眉毛扬起，一副目空一切、高高在上的模样，这是对捣大鬼的静态描写。小说接着活灵活现地描绘了他手舞足蹈、吹牛扯淡的神情和动作。

加上作者对他的总结性评语："猫儿得意欢如虎，蟋蟀装腔生如龙。"一针见血地揭穿了捣大鬼装腔作势的虚伪，表达了对此类人的鄙弃和厌恶。作者对倒塌鬼、低达鬼及抠掐鬼等的描写无不如此。

作者还通过漫画式的具体情节和细节刻画来表达讽刺和贬斥态度。漫画艺术的基本特征就是夸张和想象。刘璋正是在民间充满夸张和戏谑色彩的讽刺艺术基础之上，借漫画式的笔触，通过典型的情节和细节将鬼物的恶德败行形象生动地刻画出来。你看龌龊鬼包狗粪一节，从他带狗上路一直到他用草叶包狗粪就是一组滑稽讽刺漫画；仔细鬼的死而复生和急赖鬼的三个赖账步骤也都是滑稽有趣的讽刺漫画。龌龊鬼和仔细鬼的贪吝刻薄以及急赖鬼的赖皮无耻在作者笔下得到了淋漓尽致的展现。

虽然这种漫画式的讽刺手法以夸张为主要特征，然而它毕竟是基于社会现实的，所以齐裕焜、陈惠琴评价《斩鬼传》《平鬼传》《何典》"谈鬼物正似人间"[①]，滑稽奇特、荒诞不经的漫画式情节正是现实生活中病态现象的放大和聚焦，读者也能从其强烈的讽刺意味中得到警醒和反思。

二、反讽的灵活运用

反讽就是正话反说，是说话或写作时一种带有讽刺意味的语气或写作技巧，通常需要通过上下文及语境来了解其用意。刘璋在《斩鬼传》中灵活运用反讽手法，在对鬼物进行无情的揶揄和痛责之时，也使得描写更具趣味性和灵动性。

《斩鬼传》中，作者在叙述情节和刻画人物时直接运用了反讽手法。比如第三回介绍伶俐鬼时云："生来凡事精详，处事的当。"[②] 如果我们结合伶俐鬼朝三暮四、唯利是图的人生经历和处世哲学来看，就会发现这"凡事精详，处事的当"的评语实际是作者明褒暗贬、正话反说的讽刺策略。第四回作者介绍仔细鬼时说他"生来秉性悭吝"，接着却又给他贴上一个"性甘淡泊"的标签。不难看出，作者在这里采取了和评价

① 齐裕焜、陈惠琴：《中国讽刺小说史》，辽宁人民出版社，1993年版，第68页。

② ［清］刘璋：《斩鬼传》，北岳文艺出版社，1989年版，第47页。

伶俐鬼时一样的表述方式。

再看第四回中对不通鬼的描写。龌龊鬼一行三人登门拜访不通鬼，作者首先描绘了三鬼眼中不通鬼“果然清雅”的家居环境：

小小院子，低低茅屋。也没有松，没有梅，没有竹。廉前惟二枣，阶下载双菊。一顶儿书柜，不是梨木。几卷儿残书，颇称古籍。砚台堪作字，诗筒可装笔。存点太古风，装个稀奇物。闭门违俗客，烹茶待知识。还一桩缺少，无钱赊酒不得。①

表面上作者似乎在渲染一位高雅脱俗的隐者或高士的出场，其实结合前面急赖鬼对不通鬼的介绍和之后不通鬼的可笑表现，读者一眼就能看出这段文字用了反讽手法。第四回中仔细鬼和龌龊鬼因自相残杀而丢掉性命，仔细鬼临死前嘱托儿子把自己的尸体变卖掉，而且怕儿子吃亏又回转过来提醒儿子，在他死后，“不想他那儿子果然孝顺，竟谨遵父命，细细将他父亲碎割零卖。这也叫个事死如事生，事亡如事从的儿子了”②。作者用了“果然孝顺”“谨遵父命”等词反讽了已经被金钱物质所扭曲异化的正常人性和人伦道德。

第五回写要碗鬼“同了两个知心朋友，一个叫做诓骗鬼，一个叫做丢谎鬼，在此间取乐”③，而这两个“知心朋友”正是后来骗光他和讨吃鬼的奸人，所以“知心朋友”四个字就是对要碗鬼不辨是非、滥交奸人的反讽。讨吃鬼和要碗鬼在一无所有沿街乞讨时碰见了急赖鬼的儿子，他们三人结拜为兄弟，作者评价他们“果然恩爱异常，就如刘关张的故事，日则同食，夜则同眠”④。此处将三个败家子的抱团取暖行为比附为历史上著名的刘关张三结义的英雄豪举，自然就有了非常强烈的反讽和讥笑意味。

又如第七回作者介绍风流鬼时所用的“风流倜傥，不拘小节”的评语，对行事轻浮、不知检点的风流鬼来说这八个字其实是反话正说、明褒暗贬。

---

① ［清］刘璋：《斩鬼传》，北岳文艺出版社，1989年版，第68页。
② ［清］刘璋：《斩鬼传》，北岳文艺出版社，1989年版，第71页。
③ ［清］刘璋：《斩鬼传》，北岳文艺出版社，1989年版，第83页。
④ ［清］刘璋：《斩鬼传》，北岳文艺出版社，1989年版，第92页。

再看最后一回中钟馗、富曲二人与愣怔大王久战不下，地溜鬼提议说在愣怔大王头上载一个大炮挣死他，然而，“谁知这愣怔大王不止没挣死，才越发成了个挣头了，便觉端重了许多”①。此处“端重”一词同样颇具反讽力量。

《斩鬼传》中反讽的运用还有第二种情况，即借他人之口对讽刺对象进行嘲讽和揶揄。这种反讽一般出现在人物对话中。如第四回仔细鬼跟龌龊鬼商量应敌之策，喝了两碗寡茶后说道：“老兄昨日所言钟馗之事，我想来这事还须与急赖鬼商量，他必定还有些急智。”② 当我们在后面看到急赖鬼一拖二借三躲的赖账招术后，就知道“急智”二字对急赖鬼是多么大的讽刺！另外，急赖鬼向龌龊鬼和仔细鬼介绍不通鬼时的长篇大论本身就是反讽的极好实例，急赖鬼将不通鬼之才学吹嘘得越高，对不通鬼底细的揭露就越深刻。如急赖鬼说不通鬼的诗写得高妙绝伦，“房官见了此卷，喜的说道：‘羽翼已成，自当破壁飞去’，所以怕他飞去，竟将他文字半壁抹了许多红道拦住，犹恐他脱颖而出，只得又画了许多叉叉住，呈到主考那里”③，可谓夸赞至极；然而说房官抹红道、画叉叉本身又是戏谑之至。又如第五回写媒人向讨吃鬼介绍倒塌鬼，说他“性格儿又谦让有行止”。而倒塌鬼的“谦让”“有行止”表现在哪里呢？原来“他赢了人的，再不肯逼迫人家，若是人家赢了他的，一是一，二是二，再不肯教人家上门上户要，因此将家私弄了”④。从作者和读者的角度看，这样的人被夸“谦让”“有行止”，不恰是贬损、嘲讽吗？第八回中穷胎鬼的那篇《祭钱神文》通篇灵活运用了反讽手法，作者在嬉笑怒骂、冷嘲热讽中揭露了社会之不公、贫富之不均的丑陋现实。第八回中钟馗等人去寻黑眼鬼，路上在悟空庵休息，富曲向钟馗解释此庵名字的来历，说：“或者取色即是空的意思了。”⑤ 而这悟空寺的主持恰恰就是色中饿鬼，所以悟空庵的名字正是对色胆包天之淫僧的绝妙反讽。

① ［清］刘璋：《斩鬼传》，北岳文艺出版社，1989 年版，第 177 页。
② ［清］刘璋：《斩鬼传》，北岳文艺出版社，1989 年版，第 64 页。
③ ［清］刘璋：《斩鬼传》，北岳文艺出版社，1989 年版，第 66 页。
④ ［清］刘璋：《斩鬼传》，北岳文艺出版社，1989 年版，第 81 页。
⑤ ［清］刘璋：《斩鬼传》，北岳文艺出版社，1989 年版，第 139 页。

反讽还有一种情况，就是人物自我吹捧，反而将其本性暴露无遗，因而带有滑稽可笑的色彩，读者在会心一笑中便会明白作者的讽刺意图。比如，第四回中仔细鬼和龌龊鬼商量要去找急赖鬼想办法，在去之前二人先发了一通牢骚，龌龊鬼说急赖鬼借了他三斗二升一勺粮食，还有一勺没有还，而仔细鬼则说急赖鬼短了他五毫银子。正如乾本此处的眉批所言："一勺、五毫俱要计较，反说做大量君子，岂不可笑？"[①] 在这两个吝啬鬼一唱一和的自夸中，"大量君子"的反讽意味自然而然地流露出来。二鬼约上急赖鬼找到不通鬼说明情况，不通鬼非常谦虚，说道："既然如此，学生只得要呕血了。众位请坐片时，待学生搜索枯肠。"[②] 这里面的"呕血""搜索枯肠"虽说只是不通鬼自谦的话，实际上他相当自负，意思是说：你们少坐片刻，看我如何挥毫泼墨下笔千言。然而他又确确实实是"髭须也不知捏断了多少，等了八九个时辰，方才写出稿来"[③]，不但如此，而且内容"不通之甚"。这样一来，"呕血"和"搜索枯肠"的使用就产生了双倍的反讽和喜剧效果，彻底揭露了不通鬼毫无自知之明却还自以为是的丑态。

第五回写讨吃鬼在其父龌龊鬼死后，放弃了其父所秉持的生活态度，骂道："老看财，空有家资，却无盘算。人生世上，能有几日？何不穿他些，吃他些，使他些，丢他些，亦算做人一场。怎么只管俭用？今日死了，你为甚么不带了去？遗下这些东西交累我，我亦是个有才干的人，岂肯交累住我？"[④] 读者看到此处也许还不知道讨吃鬼是怎样的一个人，而当看到他滥交匪类以致败光家资后，才恍然大悟讨吃鬼所谓的"有才干的人"其实就是自己给自己脸上贴金。作者借此对讨吃鬼所代表的纨绔子弟、败家子作了委婉含蓄的反讽和调侃。

又如第六回中丢谎鬼在状子里说自己"一生谨慎，并不妄言"，在公堂上也对知县大言不惭："小人从不说谎。"这是作者在以反讽手法讥刺丢谎鬼撒谎成性、强词夺理而不觉为非的恶习。而丢谎鬼的伙计急殯鬼面对县尹的审问，居然一本正经地为自己进行无罪辩护："爷爷听禀，

① ［清］刘璋：《斩鬼传》，北岳文艺出版社，1989 年版，附录，第 214 页。
② ［清］刘璋：《斩鬼传》，北岳文艺出版社，1989 年版，第 68 页。
③ ［清］刘璋：《斩鬼传》，北岳文艺出版社，1989 年版，第 68～69 页。
④ ［清］刘璋：《斩鬼传》，北岳文艺出版社，1989 年版，第 81 页。

小人从不胡赖。由我说来，还是世间头一个公道的……”① 一个赖皮精却说自己是“世间头一个公道的”，且看他借钱文书是怎么写的：

> 头一限，王母娘娘转了汉，若是转不了，再等第二限。第二限，河里的鱼儿变成雁，若是变不了，再等第三限。第三限，天上的星星看不见，若是看见了，终年不见面。②

当读者看了他给丢谎鬼写定的文书后，就会明白作者此处让急殨鬼自打耳光、自我揭露的良苦用心了。

第十回愣怔大王命令乜些鬼打听钟馗的消息，而错使了另一个小妖，一会乜些鬼过来，愣怔大王非常吃惊：“好奇怪，怎么又有了乜些鬼了?”而乜些鬼则回答说：“唯我一个，那里还有第二个像我急骨的?”③ 实际上乜些鬼正是那种憨头呆脑、似痴近傻的人，可见这里他的自我吹嘘同样具有浓郁的喜剧色彩和讽刺效果，令人忍俊不禁。

以上三个方面就是《斩鬼传》中反讽手法的具体运用，也是作品滑稽诙谐风格的形成原因和有机组成。

三、含蓄蕴藉的暗讽

暗讽是一种比反讽更委婉、更含蓄的以暗示和影射为主要手段的言在此而意在彼的讽刺艺术。《斩鬼传》中有几处暗讽运用得十分巧妙，取得了含蓄蕴藉、耐人回味的讽刺效果。

第二回末，弥勒佛现身助钟馗等人一臂之力，将捣大鬼等三鬼一口吞进肚里，接着对目瞪口呆的钟馗等人说了一番话：“你们不知，此辈与他讲不的道理，论不的高低，只将大肚皮装了就是，何必与他一般见识!”“须臾，出了一个大恭，竟将三个鬼王变做一堆臭屎。”④ 此回后有一段作者对此加以解说和发挥的文字：“妙妙，此是降魔第一法。凡世间一切腌臜物，只是以大肚容之而已，原不必与他较量。”⑤ 作者虽然选择了弥勒佛这一佛教人物来现身说法，但并不是为了体现佛教的教

① ［清］刘璋：《斩鬼传》，北岳文艺出版社，1989 年版，第 110 页。
② ［清］刘璋：《斩鬼传》，北岳文艺出版社，1989 年版，第 110～111 页。
③ ［清］刘璋：《斩鬼传》，北岳文艺出版社，1989 年版，第 174 页。
④ ［清］刘璋：《斩鬼传》，北岳文艺出版社，1989 年版，第 31 页。
⑤ ［清］刘璋：《斩鬼传》，北岳文艺出版社，1989 年版，第 32 页。

义和思想，“布袋是弥勒法物，不云以此装之，而云以肚装之，只取其量之能容耳。”[①] 这也就是北京潭柘寺弥勒佛旁的楹联“大肚能容，容天下难容之事；开口便笑，笑世间可笑之人”的形象表现。唐代陆象先就曾说过“天下本无事，庸人扰之为烦耳”[②] 的话，其中还有着更深一层的讽刺意义：对这些聒噪烦人的小鬼们，只要心态平和、胸怀阔达，不去搭理他们，那么他们就不会造成干扰。

第三回钟馗等人与酽脸鬼久战不下，多亏咸渊想到了一个破敌之策：造一副比酽脸鬼的脸更厚的脸，里面暗藏一个“良心”，然后跟酽脸鬼交换，等“良心发现”脸皮变薄的时候趁势斩之。然而，铁脸虽然造好了却少了一副良心，问阴兵要，阴兵道：“我们见拿在世间无用，所以不曾带来。只有一个鬼兵拾得一副，老爷只问他要便了。”最后找到这个鬼兵，“从他脊背里搜出一副良心来”。[③] 胡万川认为这应该就是鲁迅所说的“近于呵斥全群者”，但他又否定了鲁迅的这个观点，把这句话看作是描写酽脸鬼故事时的强调和戏谑笔法。[④] 然而，笔者并不完全认同胡万川的这种理解，因为就全书嬉笑怒骂式的讽刺风格来看，作者在这里表达的恰恰是对当时社会风气的一种暗讽。鬼兵说世间良心无用，其实暗讽了当时世人行事多不讲良心；而一个鬼兵拾得一副良心，同样是对世人良心已丢的暗讽。

第三节　滑稽风趣的讽刺语言

除丰富多彩的讽刺手法之外，《斩鬼传》还使用了大量滑稽风趣的语言来调侃、揶揄群鬼，诗词俗语有时一语双关，耐人寻味；有时亦庄亦谐，令人忍俊不禁；有时化用，犀利风趣。这其实就是笔者将讽刺语言单独作为一节，而不放在讽刺手法中进行讨论的原因。具体情况分述如下。

---

① ［清］刘璋：《斩鬼传》，北岳文艺出版社，1989 年版，第 32 页。

② ［宋］欧阳修、宋祁：《新唐书·陆象先传》，中华书局，1975 年版，第 4237 页。

③ ［清］刘璋：《斩鬼传》，北岳文艺出版社，1989 年版，第 51 页。

④ 胡万川：《钟馗神话与小说之研究》，文史哲出版社，1980 年版，第 177 页。

一、一词多义和丰富的意蕴

作者故意选择那些包含多个义项的词语，造成表面意思和作者本意的疏离，从而取得亦庄亦谐或含蓄隽永的艺术效果。刘璋在《斩鬼传》中就巧妙地运用了一词多义的方式进行调侃和讽刺。

第三回描述钟馗等人斩了纠缠通风老人女儿的绵缠鬼后，富曲笑着对老人说："我笑你父子二人，专会捉人根子。前者捣大鬼被你掀出根由，教俺灭了。绵缠鬼又被你女儿捉住根子，今日斩了。怎的你父子二人只会寻根子？"[①] 富曲嘴里的"根子"是指底细、根由的意思，他是在调侃通风老人父女二人，跟他们开了一个善意的玩笑；而通风老人的回答却一本正经，别有深意："你不知老汉一家老实，不会找稍做事。但凡做事，要从根子上做来。"[②] 老人口中的"根子"却是根本、根基的意思。"一者一语双关，旨在戏谑，一者却又当真，相对之下，令人捧腹。"[③] 其实这是作者通过老人之口教育广大读者。

第三回写钟馗要造一副暗藏良心的厚脸，向一个阴兵要，但是阴兵不肯。这时众鬼道："小的们明明看见，他昧了良心，老爷不打，他不肯拿出。"[④] 我们平时说某人做了坏事时会说他"昧了良心"，是说他违背了道义，丧失了基本的良知，是对其卑鄙行为的一种抽象的定性。而此处的"昧了良心"则单纯指一个实际行为，说此鬼私藏了一副实物良心。这里作者故意使用平时所说的"昧了良心"的字面意思，使得行文更加活泼生动、趣味盎然。酽脸鬼在换得钟馗暗藏了良心的厚脸后，"不多时，良心发现，看看把脸消的薄了"。此处的"良心发现"与上面的"昧了良心"属同样的表达方式，兹不赘述。

酽脸鬼因所换之脸暗藏良心而脸皮变薄，无力招架咸、富二将时，其手下小妖建议道："为今之计，只有两条道，或是寻龌龊鬼，或是寻仔细鬼。大王或行或止，快些定夺！"此时酽脸鬼已经心灰意冷，遂说

---

① ［清］刘璋：《斩鬼传》，北岳文艺出版社，1989 年版，第 46 页。

② ［清］刘璋：《斩鬼传》，北岳文艺出版社，1989 年版，第 46 页。

③ 胡万川：《钟馗神话与小说之研究》，文史哲出版社，1980 年版，第 179 页。按，胡万川还提到第二回中咸渊口中诗与丝、赋与富的谐音对比及其双关寓意，以及第七回遭瘟鬼"人已糟透顶了"的双关意义，可参看。

④ ［清］刘璋：《斩鬼传》，北岳文艺出版社，1989 年版，第 51 页。

道："罢了，罢了！脸已丢了，还论甚么行止！"[①] 于是拔刀自刎。这里的"行止"一词具有两重含义，小妖和酽脸鬼口中的"行止"指或逃跑或留下，此种情况下，"脸已丢了"的"脸"就是指酽脸鬼用作武器的厚脸皮。因此，这句话就是说：武器都没有了，还讨论什么逃跑还是留下呢，横竖都是一死。但是"行止"一词在现实生活中还有德行、修养的意思，如《旧唐书·韦贯之传》："同列以张仲素、段文昌进名为学士，贯之阻之，以行止未正，不宜在内庭。"[②] 元王实甫《西厢记》第五本第四折中和尚有言："夫人，今日却知老僧说的是，张生决不是那一等没行止的秀才。"[③] 明西周生《醒世姻缘传》第二十六回云："一个秀才叫是麻从吾，不要说那六府里边数他第一个没有行止，只怕古今以来的歪货，也只好是他第一了。"[④] 如此等等，不再赘述。《斩鬼传》中也有其他表示品行修为的用法，如第四回的"众人道：'这其间有个缘故。大凡有行止的，明日是个死明日。'"第五回媒人向讨吃鬼介绍倒塌鬼时说："且是性格儿又谦让有行止。"因此，按照这个意思看，"脸已丢了"也正是我们平日所说的"脸面都丢尽了"，此"脸"恰是尊严、人格甚至良心的同义词。这句话的真实意思是说：良心都没有了，还在乎什么道德品行呢？所以，"行止"与"脸"在这里不仅具有故事叙述的文本意义，同时还额外地承担了调侃和讽刺的艺术功能。因此，当我们看到这句话是从酽脸鬼口中说出来的时候，联想到这两个词语的现实意义，自然会发出会心一笑，不禁赞叹作者用语之巧妙。

再看第六回中丢谎鬼状告偷尸鬼和急殰鬼一节，他在状子里写道：

> 告状人丢谎鬼告为明火劫财，杀人无数事：情因某一生谨慎，并不妄言，齿积三月有余，获银五千余两……竟于某月日，明火持刀，尽将财物劫去。窃思财为养命之源，彼既劫去，我身必亡，数十性命，一时俱毙。[⑤]

---

① ［清］刘璋：《斩鬼传》，北岳文艺出版社，1989 年版，第 52 页。

② ［后晋］刘昫等：《旧唐书·韦贯之传》，中华书局，1975 年版，第 4174 页。

③ ［元］王实甫著，王季思校正，张人和集评：《集评校注西厢记》，上海古籍出版社，1987 年版，第 198 页。

④ ［明］西周生、黄素秋校注：《醒世姻缘传》，上海古籍出版社，1981 年版，第 382 页。

⑤ ［清］刘璋：《斩鬼传》，北岳文艺出版社，1989 年版，第 109 页。

按照一般的理解，“齿积”一词是指省吃俭用从牙缝里节省下来的财富，县尹也是这么理解的，所以对丢谎鬼三个月积攒五千银一事表示怀疑。丢谎鬼却如此解释：“其间有个缘故，小人别无他能，惟凭说嘴度日。当日有个要碗鬼与小人相交，小人费了许多唇舌，整整说了三个多月，方才骗得银子到手，岂不是齿积么?”[①] 真是令人可笑又可气，“齿积”成了他凭借伶牙俐齿、耍嘴皮子骗取钱财的代名词。而他接着又向县尹解释了“明火劫财”：“那时他与小人算账，算的黑了，点起灯来，岂不是明火？他将小人的银子偷的偷去，赖的赖去，岂不是劫财?”[②] 这种“劫财”与我们平常理解的强盗半夜三更持刀打劫的意思相差何啻千里。然而正是这既荒诞却又合乎丢谎鬼自身逻辑的解说为小说增添了喜剧效果。

从上面这些例子中可以看出作者故意使用多义词造成意义理解上的歧义，从而使得讽刺艺术更加灵活多样、丰富有趣。另外，从这些例子也可看出作者的教化意图，这也是《斩鬼传》主观色彩较为浓郁的一大原因。

二、民间俗语和古诗词的化用

《斩鬼传》巧妙地化用了许多民间俗语和古典诗词，并赋予它们幽默滑稽的色彩，使之成为揭露和讽刺社会上恶德败俗的利器。

胡万川先生曾这样评价《斩鬼传》的语言特色：“成语土话与歇后语的运用也不少，使本书的语言显得活泼而富谐趣。”并列举了许多精彩的例子，如：

第二回：“要打和他就打，要告就和他告，膻羊胡吃柳叶，我不信这羊会上树。”

第四回：“你不知道吗？这叫贼打火烧。”

第四回：“这叫做猪八戒上阵，倒打一耙。”

第四回：“原来是老弟，我当是吃生米的哩。”

第四回：“倘若撞在其中，岂不要出个倖子?”

---

① ［清］刘璋：《斩鬼传》，北岳文艺出版社，1989年版，第109页。

② ［清］刘璋：《斩鬼传》，北岳文艺出版社，1989年版，第110页。

第四回："我如今西墙倒坏，我是拆的东墙补西墙。"

第四回："骂着和尚，满寺发热。"

第五回："我们王十九，只吃酒。"

第七回："害起那木边之目，田下之心了。"

第八回："和尚无儿孝子多。"

第九回："须要雨露均沾，不可教南枝向火北枝寒。"①

像这种吸收和借鉴民间俗语、谚语的表述方式还有很多。下面再举几例以显其妙。如第四回寒碜鬼对捣大鬼："俺把他只当赵龙，还不在俺戊己庚上呢!"② 此句是"不在俺心上"的意思，"心"与"辛"同音。③ 另外还有几处比较有代表性的例子，比如：

第五回："柳金娘听说，喜的屁滚尿流。"

第五回："罢了，罢了！把吃饭的家伙也丢了，还不投降，更待何时?"

第九回："自古道和尚是色中的饿鬼，由此看来，这是饿鬼无疑了。"

总之，作者对民间俗语、谚语的化用和引用使得小说更加活泼俏皮，这也就成为作者对反面人物进行调侃的有效的辅助手段。

不仅如此，小说还有几处化用了古典诗词，但往往是反其意而用之，语言泼辣犀利，极具讽刺力量。如第三回："洞不在广，有鬼则廉。水不在深，有脸则酽。"这显然是化用了刘禹锡《陋室铭》中的名句："山不在高，有仙则灵；水不在深，有龙则灵。"

又如第八回写悟空庵：

> 红尘飞不到，钟磬杂弥陀。古柏倚丹鹤，苍树挂碧萝。人来惊犬吠，客至遗莺歌。曲径通幽处，僧房女色多。④

这首诗显然化用了唐常建《题破山寺后禅院》，前三联延续了原诗中对意境的营造，只是尾联将前面所有的美妙意境推翻，点明了佛教圣

---

① 胡万川：《钟馗神话与小说之研究》，文史哲出版社，1980 年版，第 180～181 页。

② ［清］刘璋：《斩鬼传》，北岳文艺出版社，1989 年版，第 28 页。

③ 这是民间流行的一种近似歇后语的表述方式，如一副对联，上联是：二三四五，下联是：六七八九，横批是：南北。其意则为：缺衣少食没东西。

④ ［清］刘璋：《斩鬼传》，北岳文艺出版社，1989 年版，第 139 页。

地已变为藏污纳垢之所，批判效果明显。

总之，刘璋在《斩鬼传》中灵活巧妙地化用了众多的民间俗语和古典诗词，内化为一种思维方式和审美追求，从而使小说语言具有了浓厚的民间风趣和戏谑的艺术效果。

三、滑稽风趣的语言

小说语言一般分为叙述语言和对话语言，二者对人物性格的塑造都具有十分重要的作用。刘璋借鉴了古典小说利用个性、语言刻画人物性格的成功经验，以符合人物性格的个性化语言将群鬼的性情、面貌活灵活现地描摹出来。不仅如此，刘璋在叙述故事和描绘肖像时，还使用滑稽风趣的语言对反面形象进行冷嘲热讽。

比如第一回中钟馗的灵魂来到了鬼门关，碰见了判官，小说写道：

> 钟馗看那判官时，与自己一样，也戴着一顶软翅纱巾，也穿着一件肉红圆领袍，也束着一条犀角宝带，也踏着一双歪头皂靴，也长着一部落腮胡，也睁着一双灯盏圆眼，左手拿着善恶簿，右手拿着生死笔，只是不曾带着宝剑。①

这一段描写连用了六个“也”字，明显是模仿话本小说的语气。这六个“也”字形象地刻画了钟馗从头到尾仔细打量对方，将对方的穿着、相貌与自己一一对比的情景。读者可从这六个“也”字中想象出当时钟馗发愣好奇的神态。

第二回写捣大鬼被钟馗挖掉双眼后，希望自己的两个结义兄弟为他报仇，此时作者这样写道：“说到伤心之处，兄弟三人不觉放声大哭，流了四行眼泪。”② 捣大鬼双眼已空，没有眼泪流出，所以“三人”只能流出“四行眼泪”，这种描写带有明显的戏谑成分和滑稽效果。

第三回中通风老人介绍龌龊鬼“真有半毛不拔的本事”，“半毛不拔”可谓谑之又谑。该回写酽脸鬼脸皮太厚，富曲与之久战不下，“钟馗气的暴跳如雷，走上前去，照脸乱砍，竟如剁肉一般剁了个不亦乐

---

① ［清］刘璋：《斩鬼传》，北岳文艺出版社，1989年版，第10页。
② ［清］刘璋：《斩鬼传》，北岳文艺出版社，1989年版，第28页。

乎。”①“不亦乐乎”一词就是以反讽手法调侃钟馗面对如此厚脸心急焦躁的神态。

第四回龌龊鬼和仔细鬼寻找急赖鬼时，看到许多讨债的围在急赖鬼家门口，众人说急赖鬼的“明日准还”是“活明日”，接着解释道：“这其间有个缘故。大凡有行止的，明日是死明日。无行止的，明日就是活明日。这活明日就如夜明珠一般，千年万载长明起来，还有甚么底止?”② 他们口中的“活明日”就是今天推明天，明天推后天，这么一直拖赖下去，“明日”也就成了无限期拖延的代名词。他们把急赖鬼口中无限期的明日比作夜明珠能够万年长明一般，表达形象生动，活泼有趣。

第七回钟馗因破坏了风流鬼与美人幽会的好事，被风流鬼作诗讽刺，其诗曰：

君须何事这般奇，不像胡羊却像谁?
雨过当胸抛玉露，风来满面舞花枝。
要分上下权尊发，若论浓多岂让眉。
拳到腮边通不怕，亏他遮定两傍皮。③

此诗却也形象有趣，将钟馗满脸的胡须刻画得惟妙惟肖，想象丰富，语言俏皮，然而句句含有讥讽。这种当面的奚落调侃与钟馗的自我感觉良好形成了对比，不禁令人开怀一笑。

再看《斩鬼传》中的人物对话，有的符合人物的性格，形象生动又不乏夸张；有的庄谐相济，暗寓褒贬。如第三回钟馗一剑砍在醉脸鬼脸上：

只见他豪无惊惧，并不损伤。钟馗道：“此鬼好状脸也!”那醉脸鬼：“不敢，将就看得过。任你刀劈箭射，总不在心。”④

钟馗见其鬼脸之厚，不禁惊叹，而醉脸鬼居然也幽默了一回，“将就看得过”似乎是谦虚之语，实际自负得很。作者在此生动地刻画了醉

① ［清］刘璋：《斩鬼传》，北岳文艺出版社，1989年版，第50页。
② ［清］刘璋：《斩鬼传》，北岳文艺出版社，1989年版，第65页。
③ ［清］刘璋：《斩鬼传》，北岳文艺出版社，1989年版，第126页。
④ ［清］刘璋：《斩鬼传》，北岳文艺出版社，1989年版，第49页。

脸鬼自傲自大的性格，而且二人的一问一答发生在性命相搏之时，所以就使得情节的发展在一张一弛中自然而然地滋生出一种灰色的幽默和诙谐。

第八回写咸渊去请白眉神来助战，开始时白眉神一口拒绝不留情面，咸渊听后仰天大笑而去，这下白眉神犯糊涂了，拉住咸渊问道："司马何所闻而来，何所见而去?"咸渊回应道："我闻所闻而来，见所见而去。"① 二人的对话当借用自《世说新语·简傲》：

> 钟士季精有才理，先不识嵇康。钟要于时贤俊之士，俱往寻康。康方大树下锻，向子期为佐鼓排。康扬槌不辍，傍若无人，移时不交一言。钟起去，康曰："何所闻而来，何所见而去?"钟曰："闻所闻而来，见所见而去。"②

这段文字主要体现了魏晋名士的玄妙、灵悟和机趣，而刘璋借用其中的文字主要是为了吊一下白眉神的胃口。但是读到此处不禁会为作者的巧妙安排而赞叹。

第十回乜些鬼受大王之命去打探钟馗的消息，而他却跑到挖施鬼处看了一夜的戏，发现挖施鬼只会"一味倒宣，没有实落"。下面是他回来后跟愣怔大王的一段对话，趣味十足：

> 愣怔大王道："你来了么？钟馗果是如何?"乜些鬼道："一味捣宣，没有实处。"愣怔大王大喜道："如此便不足畏矣。"乜些鬼道："你道我说谁捣宣?"愣怔大王道："不是钟馗捣宣，难道是孤家捣宣不成?"乜些鬼道："不是大王捣宣，也不是钟馗捣宣，有一个挖施鬼肯捣宣。"愣怔大王大睁道："怎么说着钟馗，又拉出一个挖施鬼来了?"乜些鬼咳了一口道："我就忘了打听钟馗了。"③

这一段描写是多么的滑稽有趣，生动地刻画出乜些鬼糊涂、痴呆的神态和性情特征。

《斩鬼传》中还有一个非常有意思的现象，那就是作者在人物和事

---

① ［清］刘璋：《斩鬼传》，北岳文艺出版社，1989年版，第145页。

② ［南朝宋］刘义庆编、［南朝梁］刘孝标注：《世说新语》，中华书局，1999年影印，第479页。

③ ［清］刘璋：《斩鬼传》，北岳文艺出版社，1989年版，第175页。

物的命名上体现出的嬉笑怒骂式的讽刺方式和酣畅痛快的风格。有的人物以谐音的方式命名，有的人物以直白浅露的讽刺语言命名。如第二回中通风老人的命名就来自俗语“通风报信”，他的字“仙根”则是“掀根”的谐音，即掀根揭底的意思。第三回通风老人说酽脸鬼住的地方是无耻山寡廉洞，钟馗去寻酽脸鬼遇到一条大河，土人解释说此河为唾沫河，是因酽脸鬼的到来惹得人人唾骂而形成的。钟馗过了河上了山，发现“不成石，堆垒满地。莫羞岩，高插耸天”，“不成石”即不诚实之谐音。第五回讨吃鬼、耍碗鬼等人到了迷魂镇，进了烟花寨，从有钱桥上过了陷人坑，来到了柳金娘家，其中“迷魂镇”即迷魂阵，“烟花寨”即烟花债。这些命名体现了作者强烈的批判意识和情感态度，谐音的运用则使得字里行间充满趣味。

总之，《斩鬼传》的语言运用与塑造人物的方法、讽刺手法等在艺术旨趣的追求上是一致的，在表达作者愤世嫉俗的心情和惩恶扬善的目的方面也是相同的。这种滑稽机趣的语言与夸张、犀利的人物描写和讽刺手法一起构成了《斩鬼传》的整体艺术风格。

第三章 《斩鬼传》的创作渊源

第一节 《斩鬼传》的创作动因

清初刘璋的《斩鬼传》[①]以民间传说钟馗斩鬼为题材，以揭露和批判社会不良风气和人性弱点为主要内容。据王青平考证，《斩鬼传》的成书不晚于康熙二十七年（1688），其时刘璋22岁。[②] 那么，年轻的刘璋创作《斩鬼传》的动因是什么呢？学者对此进行了一定的研究，如王青平在《〈斩鬼传〉的作者刘璋》一文中分析了刘璋创作的内外原因。他认为外部因素是明清易代之际文人创作通俗小说的风气。至于主观因素，王青平认为有三个：一是刘璋对通俗小说比较熟悉，其列举了书中对“四大传奇”情节和故事的借鉴；二是刘璋熟悉下层社会的生活；三是刘璋怀才不遇而对社会充满愤恨。王青平指出刘璋创作《斩鬼传》的直接原因就是阅读了《草木春秋》。[③] 他还认为“扶持名教，至少在字面上，成为（刘璋）创作的直接动机之一”[④]。沈漫涛则认为《斩鬼传》的创作也与清初文字狱这一背景有关。[⑤] 但是笔者认为上述观点缺乏强

---

① 王青平曾对作者手稿本、手抄本和友人瓮山逸士的传抄本进行过精细的校对，所以本书主要依据的是王青平校刊本，同时参考了刘世德、石昌渝等主编的《古本小说丛刊》本。

② 王青平：《〈斩鬼传〉版本考证》，见［清］刘璋：《斩鬼传》，北岳文艺出版社，1989年版，附录，第284页。

③ 王青平：《〈斩鬼传〉的作者刘璋》，见［清］刘璋：《斩鬼传》，北岳文艺出版社，1989年版，附录，第350页。

④ 王青平：《〈斩鬼传〉版本考证》，见［清］刘璋：《斩鬼传》，北岳文艺出版社，1989年版，附录，第286页。

⑤ 沈漫涛：《以鬼喻人 讽世明道——浅谈〈钟馗斩鬼传〉》，载于《明清小说研究》，1995年第1期。

烈的针对性和具体的分析。王青平“扶持名教”的说法无疑是正确的，但是，刘璋的主观动机，据笔者考察分析，与当时的社会现实和文化背景的关系更加密切，即激发作者创作欲望、决定创作题材的选取和创作思路的应是明末清初的社会现实、文化背景等外部因素。因此，笔者通过对当时外部环境的全面考察，并结合对《斩鬼传》小说文本的具体分析，认为作者的创作动因应该有如下几个方面。

一、明末清初污浊现实的强烈刺激

明代中后期东南沿海资本主义萌芽的出现和城市经济的迅速发展，导致了当时社会上形成一股奢靡、浮华的不良风气。阳明左派对人性思想的鼓吹更进一步刺激了人们追求适情、纵欲、享乐、求利的生活态度。不良的社会风气和人性的弱点之间的相互影响和污染，使得明末清初的社会弥漫着一种污浊不堪的空气。这在许多方面都有所反映。明沈德符对此痛心疾首：“国朝士风之弊，浸淫于正统而靡溃于成化……至宪宗朝，万安居外，万妃居内，士习遂大坏，万（安）以媚药进御，御史倪进贤又以药进万，至都御史李实、给事中张善，俱献房中秘方，得徙废籍复官，以谏诤风纪之臣，争谈秽媟，一时风尚可知矣。”① 他还总结道：“士绅无耻莫盛于成、正间，至弘治而谄风稍衰，惟嘉靖以来又见之。”② 针对士人的谄媚恶习，当时有人还专门做了一“谄卦”进行嬉笑怒骂式的嘲讽，可谓入木三分：

> 王丹麓戏为谄卦，描摹谄字，义如燃犀照水，情状毕现。卦曰：谄，亨，利有攸往，不利君子，贞。彖曰：谄，天下大而其情同也，故亨。利有攸往，其义不困穷也。不利君子，贞，直无所容也。象曰：位高多金，谄，君子以违俗秉礼。初六，执其随，利贞。象曰：志在随人，以顺为正也。六二，巧言令色足恭，吝。象曰：巧言令色，不足敬也。足恭，亦何佞也。六三，胁肩谄笑，病于夏畦，凶。象曰：笑乃胁肩，不自知其病也。六四，见金不有

---

① ［明］沈德符：《万历野获编》，见《明代笔记小说大观》（3），上海古籍出版社，2005 年版，第 2467 页。

② ［明］沈德符：《万历野获编》，见《明代笔记小说大观》（3），上海古籍出版社，2005 年版，第 2474 页。

> 躬，或承之，羞。象曰：羞或承之，众难定也。六五，有盛馔富与贵，无悔。象曰：盛馔无悔，中心称也。上六，谄以贿，利见大人。象曰：利见大人，上下应也。[①]

时至清朝，此种社会习气并未有多少好转，康熙就曾说过："近见风俗日敝，人心不古，嚣凌成习，僭滥多端，狙诈之术日工，狱讼之兴靡已……"[②]

另外，明末清初的通俗文学作品对当时污浊的社会现实进行了不遗余力的揭露和批判。小说如《金瓶梅》揭露了明朝中期官场腐败、官商勾结的现状，对社会上纵欲好利、不顾廉耻的风气进行了无情的鞭挞；《后西游记》对封建君臣和明末世情进行了极力的嘲讽；《肉蒲团》《灯草和尚》等艳情小说本身即是当时社会色欲之风大炽的产物和直接表现。戏剧方面，明徐复祚的《一文钱》专门讽刺爱财如命的吝啬鬼；叶承宗的《孔方兄》以嘲弄社会贪鄙势利之风为主旨，活泼劲辣；孙钟龄的《东郭记》借古讽今，"剧中形形色色的人物，似乎呈现了一幅晚明士风的百丑图"[③]。清杨潮观的杂剧《穷阮籍醉骂财神》借阮籍之口批判了金钱的罪恶；李渔的《慎鸾交》则将当时假道学意欲"道学、风流合二为一"（华秀语）的虚伪、矫作进行了淋漓尽致的揭露。如此等等，不一而足。

山西乃上古尧舜的发源地，自古民风淳朴。但是到了明代后期慢慢发生了改变，出现了奢侈浮华的不良风气。《汾阳祝志》云："其民重厚知义，尚信好文，近流于奢侈。"[④]《高平县志》亦载："昔称勤俭而今尚侈靡，竞奇斗巧，恪于奉公。"[⑤]

总之，奢靡、腐化的社会风气和极度膨胀的人性弱点，强烈地刺激

---

① ［清］褚人获：《坚瓠补集》，见《清代笔记小说大观》(2)，上海古籍出版社，2017年版，第1873页。

② 《圣祖仁皇帝圣训》，见《大清十朝圣训》(1)，文海出版社印行，1965年版，第75页。

③ 徐培均、范民生：《三百种古典名剧欣赏》，上海辞书出版社，2005年版，第490页。

④ 《山西通志》，见《四库全书·史部·地理类》，上海古籍出版社，1987年版，第543册，第504页。

⑤ 《山西通志》，见《四库全书·史部·地理类》，上海古籍出版社，1987年版，第543册，第508页。

了年轻气盛且“谙于世事”①的刘璋，对此他有着深刻、清醒的认识和明确的贬斥态度。他认为“捣大之风倡而人无诚实，诓骗之风倡而人多诈伪，仔细、龌龊之风倡而骨肉寡恩之渐炽矣”，“风流而有伤名教，糟腐也而泥滞鲜通，好酒贪色也而败坏威仪淫乱风俗”（《斩鬼传序》）。②在“尾笔”中作者引“野史氏曰：魑魅魍魉，燐火荣煌，盈宇宙间皆是也。书一甘露菩提水，遍洒寰中，鬼火自灭。诚问上古之五刑，后王之三尺，阴曹之剑树刀，有如钟馗老子一剑否？有如我烟霞散人一笔否？”③这些都可以证明清初社会卑劣、污秽的人情世态正是刺激刘璋创作《斩鬼传》的一大原因，它决定了作品题材的选取。笔者推测，限于社会阅历，年轻的刘璋可能是以当时所接触的某些不良社会现象为基础，将通过间接经验得来的同类现象加以总结和联想，使之成为自己揭露和批判的对象的。

二、明末清初求实文化背景的熏染

文学创作不可避免地要受到一定社会文化的影响，这种影响有直接和间接的区别。从作品序言和小说内容及有限的作者生平资料来看，刘璋创作《斩鬼传》与明末清初重现实、重教化的社会文化背景有着密切的联系。这种社会文化背景具体包括文学创作风尚、政治思想和社会思潮三个方面。

第一，明末清初的文坛上涌动着一股强烈的关注和反映社会现实的文学创作风气，出现了一批文学作品。正如陈伯海先生所说的：“明清易代之际的创作重实证而轻虚幻。”④这种文学风气表现为创作上对社会问题的普遍关注和时事题材的流行。明末清初的作家对社会问题的关注大多集中在官场的腐败、世风的败坏和道德的沦丧等上面。而“时事小说”和“时事戏剧”成为明末清初文学创作的一大潮流，更说明了文人对社会问题的积极关注和深刻披露。这一时期以魏忠贤为题材的小说

---

① ［清］张衍寿修，王肇晋纂：（咸丰）《深泽县志》，北京图书馆影印民国二十一年《地方志人物传记资料丛刊·华北卷》（第十二册），北京图书馆出版社，2002 年版，第 772 页。

② ［清］刘璋：《斩鬼传》，北岳文艺出版社，1989 年版，第 2 页。

③ ［清］刘璋：《斩鬼传》，北岳文艺出版社，1989 年版，第 192 页。

④ 陈伯海：《近四百年中国文学思潮史》，东方出版社，1997 年版，第 148 页。

有《魏忠贤小说斥奸书》《警世阴阳梦》《梼杌闲评》等，戏剧有朱京藩的《风流院》、范世彦的《磨忠记》和李玉的《清忠谱》等。以严嵩父子为题材的戏剧有李玉的《一捧雪》等。以李自成起义为题材的小说有《剿闯通俗小说》《新世鸿勋》，其后又有《樵史》《铁冠图》《末明忠烈传》。以明朝与后金战事为题材的小说以《辽海丹忠录》最为著名。孔尚任的《桃花扇》则以南明小朝廷的兴亡为内容。此类作品尚有许多。[①] 这种文学创作风气体现了明末清初作家关注社会现实的极大热情和勇于承担社会责任的积极态度。从上引刘璋对社会现实的认识和态度看，他对这种创作风尚应该是心有灵犀的。而其"同邑后学"侯执信说《斩鬼传》中的种种鬼物"以为幻也，而事事皆实"[②]，同样能说明刘璋的现实主义创作态度与当时的文学风潮是一致的。

第二，清朝统治者与历代统治者一样非常重视风俗教化对社会秩序和国家统治的维系作用。重教化是儒家治世思想的一个重要方面，《诗大序》提出的"经夫妇，成孝敬，厚人伦，美教化，移风俗"的教化观点一直为后人所重视；汉代则发展出了"三纲五常"的伦理道德标准，对后世影响更是深远；宋代理学家也提倡"存天理，灭人欲"的行为规范。清朝统治者对儒家教化思想自然是奉行不悖。高翔总结康熙的治国方略，其中一条就是"教化为先"，大力兴办教育，以正人心，达到移风易俗的目的。[③]"康熙三十九年，颁奉圣谕十六条：一、敦孝弟以重人伦；……一、尚节俭以惜财用；一、隆学校以端士习；……一、明礼让以厚风俗……"[④] 高翔在具体总结康熙"为政之道"的第三点"宽仁和平"时，认为有两方面值得注意：一是"休养抚息，平易宜民"，二是"矜慎刑狱"，要求公正断案，减少冤假错案。[⑤] 另外，虽然康熙表示"与其绳以刑罚，使人怵惕文网，苟幸无罪，不如感以德意，俾民蒸

① 关于这类时事小说的创作，可以参看齐裕焜：《明末清初小说述评》，见《独创与通观——中国古代小说论集》，上海三联书店，2009年版；林辰：《明末清初小说述录》，春风文艺出版社，1988年版。

② 侯执信跋，见［清］刘璋：《斩鬼传》，北岳文艺出版社，1989年版，附录，第251页。

③ 高翔：《康雍乾三帝统治思想研究》，中国人民大学出版社，1995年版，第57～63页。

④［清］王轩等纂修，高可、刘英编：《山西通志》卷七六，中华书局，1990年版，第5244页。康熙帝重视教化、人心与风俗的圣谕还有许多，可以参看《圣祖仁皇帝圣训》，见《大清十朝圣训》(1)，文海出版社印行，1965年版。

⑤ 高翔：《康雍乾三帝统治思想研究》，中国人民大学出版社，1995年版，第87～97页。

蒸向善，不忍为非”[①]，但同时他对反清言论和威胁到自己统治的人与事绝不姑息，康熙朝的文字狱也极为严厉、频繁。所以，康熙帝的统治政策是刑德并用、宽猛相济的。

康熙帝的统治思想在刘璋身上有清晰的体现。刘璋在康本自序中说：“且夫王者之治天下也，惟在其风俗耳。”[②] 所以对“捣大之风倡而人无诚实，诓骗之风倡而人多诈伪，仔细、龌龊之风倡而骨肉寡恩之渐炽矣”，“风流而有伤名教，糟腐也而泥滞鲜通，好酒贪色也而败坏威仪淫乱风俗”[③] 的现象痛心疾首。在此情况下，刘璋在自序中明确表明了自己的创作动机是移风易俗、使人为善：“故作是传者，亦具一付大慈悲心，行大慈悲事，盖以继王政之所不及，而欲学明王佛之使人知所畏而为善也。”[④] 侯执信在跋中也认为：“先生之作是书也，盖具一副大慈悲心，欲俾天下之龌龊、仔细、寒碜、扢渣等辈，厚自刻励，反朴还醇，以克全乎天地之肖子，宇宙之完人也已矣！”[⑤] 这些都可以清楚地表明作者相当认可清初统治者重教化的治国策略。而刘璋任深泽县令期间，由于“谙于世事，民情吏治间留心久，知政先抚字”[⑥]，采取了与民生息政策，“既至泽，首除一切铺垫杂费为民累者”[⑦]。他执政“严而不猛”，德刑相济。如“初至，尝设大竹于庭，谓将以创蠹民者，然卒未尝数用”[⑧]；“征收用，‘滚单法’，不以击断为威，然逋赋亦鲜”[⑨]。刘璋还设补盗之法，并进行奖赏，根据情节轻重，对盗贼采取不同的惩罚措施，“审草窃罪轻者，铸铁圆锁其项，令得缉盗自赎。其情重者，例

---

① 《圣祖仁皇帝圣训》，见《大清十朝圣训》(1)，文海出版社印行，1965 年版，第 85 页。

② ［清］刘璋：《斩鬼传》，北岳文艺出版社，1989 年版，第 1 页。

③ ［清］刘璋：《斩鬼传》，北岳文艺出版社，1989 年版，第 2 页。

④ ［清］刘璋：《斩鬼传》，北岳文艺出版社，1989 年版，第 2 页。

⑤ 侯执信跋，见［清］刘璋：《斩鬼传》，北岳文艺出版社，1989 年版，附录，第 251 页。

⑥ ［清］王植：《深泽尹二刘合传》，见《崇雅堂稿·卷四·传》，《四库全书存目丛书》，1997 年影印，第 272 册。

⑦ ［清］王植：《深泽尹二刘合传》，见《崇雅堂稿·卷四·传》，《四库全书存目丛书》，1997 年影印，第 272 册。

⑧ ［清］王植：《县尹刘于堂寿序》，见《崇雅堂稿·卷三·传》，《四库全书存目丛书》，1997 年影印，第 272 册。

⑨ ［清］王植：《县尹刘于堂寿序》，见《崇雅堂稿·卷三·传》，《四库全书存目丛书》，1997 年影印，第 272 册。

应禁。"[1] 刘璋公正严谨，曾为被盗诬陷者雪案，也曾因错判命案而勇于自责。[2] 总之，刘璋的为政举措恰可看作是康熙朝政策的翻版。

因此，虽然王青平"扶持名教"的观点没错，但笔者认为清初统治者重视风俗教化的态度和政策无疑对刘璋创作《斩鬼传》起到了更大的感召和鼓动作用。

第三，明正德至万历年间实学思潮兴起，到明清易代之际大盛。虽然到了康熙中期这种思想日渐式微而演变为考据之学[3]，但其余绪仍在。刘璋自然也受到了这种思潮的影响和熏染。为什么这么说呢？陈伯海认为："明清之际的实学思潮，就其主导倾向而言，可以用博学、深思、致用三句话加以概括。由于博学，便注重考证，不尚空谈，开了有清一代的治学风气；而且不限于书本知识，举凡天文地理的勘测、民情风俗的调查、生产经验的总结、社会沿革的考察，皆包括在内。"[4] 而《斩鬼传》的批判对象——"群鬼"正属于"民情风俗"的范畴。

实学思潮促进了文学面向人生，主要表现在为现实人生服务和抒发愤懑之情、批评时政等方面。[5] 如王青平所说，刘璋创作《斩鬼传》的一个主观动机就是指摘时弊、"扶持名教"，其序言和作品内容已经很清楚地体现了这一点。其实，实学思想与清政府的统治思想本有相通之处，如清初实学大家顾炎武（1613—1682）《与书九人》云："目击世趋，方知治乱之关，必在人心风俗，而所以转移人心，整顿风俗，则教化纪纲为不可阙矣。"[6] 对于顾炎武及其思想，刘璋应该是了解甚至熟悉的，因为顾炎武在当时声名远播，而且他曾在清初游历西北各地，到过山西。[7] 因此，从上面这些分析我们基本可以认定，刘璋的创作态度

---

① ［清］王植：《深泽尹二刘合传》，见《崇雅堂稿·卷四·传》，《四库全书存目丛书》，1997年影印，第272册。

② ［清］王植：《县尹刘于堂寿序》，见《崇雅堂稿·卷三·传》，《四库全书存目丛书》，1997年影印，第272册。亦可参看［清］张衍寿修，王肇晋纂：（咸丰）《深泽县志》，北京图书馆影印民国二十一年《地方志人物传记资料丛刊·华北卷》（第十二册），北京图书馆出版社，2002年版，第772页。

③ 葛荣晋：《中国实学文化导论》，中共中央党校出版社，2003年版，第145～161页。

④ 陈伯海：《近四百年中国文学思潮史》，东方出版中心，1997年版，第8页。

⑤ 陈伯海：《近四百年中国文学思潮史》，东方出版中心，1997年版，第10页。

⑥ ［清］顾炎武著，华忱之校点：《顾亭林诗文集》，中华书局，1983年版，第93页。

⑦ 许苏民：《顾炎武评传》第二章"顾炎武的生平事迹"，南京大学出版社，2006年版。

和动机与实学思潮有一种不自觉的历史契合。

总之，明末清初的社会文化背景是刘璋创作《斩鬼传》的一个重要的外在因素，对其创作具有明显的引导和指向意义。当然，这三个方面能对刘璋的创作产生影响，与刘璋本人所具有的儒家知识分子的社会责任感是紧密相关的，社会现实的刺激与当时文坛流行的现实主义风尚及实学思潮的余韵，促使作者对污浊的人情世态进行了犀利、尖锐的揭露与嘲弄。

三、钟馗信仰的广泛流传

钟馗作为惩恶锄奸的民间神灵，据学者考证分析，当产生于西晋①，发展至唐代，钟馗打鬼俨然已成为当时社会一种普遍的大众信仰。大唐皇帝曾经在春节之际赐大臣以钟馗画像，德宗朝著名诗人刘禹锡就曾替人写过类似的谢表，如《为李中呈谢钟馗日历表》《为杜相公谢钟馗日历表》。② 在敦煌文献中有不少关于钟馗除鬼信仰的记载，较之前代更加详细生动，钟馗的地位也于此时奠定，“开始具备了后世传说中由玉皇大帝或阎罗王封给他的鬼族统领——驱邪斩祟将军或世游大使的特点”③。至五代和宋代，关于钟馗的记载更多，宋代沈括的《梦溪笔谈·补笔谈》最早将钟馗传说与唐玄宗及吴道子结合在一起，成为后来许多戏剧、小说的蓝本。宋代已经出现了关于钟馗的戏剧，如《钟馗爨》等。以钟馗为题材的画同样数量不少，宋代郭若虚的《图画见闻志》和叶梦得的《石林燕语》都有相关记录。五代末，石恪画有《鬼百戏图》和《钟馗氏小妹图》，南宋龚开有《钟进士移居图》和《中山出游图》。④ 今人王阑西和王树村搜集出版了《钟馗百图》⑤一书，收录了历代钟馗画，从中可以看出钟馗颇受宋代文人的欢迎。而到了明清时期，以钟馗为题材的画、戏剧及钟馗诗更是以汇流成河的态势集中出现，钟馗常常被作为文人抒写怀抱、寄托心志的工具和手段，如陈洪

---

① 刘锡诚：《钟馗信仰和传说的滥觞》，载于《中国文化研究》，1998 年第 3 期。

② ［唐］刘禹锡：《刘禹锡集》，上海人民出版社，1975 年版，第 119～120 页。

③ 刘锡诚：《钟馗信仰和传说的滥觞》，载于《中国文化研究》，1998 年第 3 期。

④ 刘锡诚：《钟馗传说的文化取向及现代流传》，载于《民间文学论坛》，1998 年第 1 期。

⑤ 王阑西、王树村：《钟馗百图》，岭南美术出版社，1997 年版。

绶、戴进、顾见龙、高其佩等人的画作。[1] 戏剧则有《庆丰收》《福禄寿》《钟馗吓鬼》《钟馗庆寿》《天下乐》《钟馗嫁妹》等。不但如此，明清通俗小说和戏剧中还常常出现钟馗故事和钟馗形象，《金瓶梅》第六十五回中就有《钟馗戏小鬼》的戏曲演出；《牡丹亭》之《冥判》一出的唱词中也出现了钟馗。明茅维的《闹门神》杂剧提到了钟馗神；《钵中莲》（佚名）中书写了土地神请家堂六神及钟馗助他捉僵尸一事；清代李玉《麒麟阁》中有秦琼、罗成、尤俊达、程咬金和齐国远五人去东京看元宵花灯，为了救人他们装扮成跳五鬼打社火的杂技人的情节。这些都清楚地表明了明清时期钟馗信仰在社会上的流传程度。而刘璋的家乡山西自宋元起，就是戏剧创作和演出的重镇。因此，可以肯定刘璋对有关钟馗的民间传说和文学故事自然是非常熟悉的。

在民间，钟馗也成为人们信奉的一个神祇。在春节来临之际，人们常常将钟馗画像挂于中堂以驱鬼镇宅，或是在正月十五元宵节演百戏跳钟馗。时至今日，这些民间习俗在刘璋的家乡三晋大地依然流行着。如《汾阳县志》记“岁时民俗”云：“十二月……晦日，为‘除夕’，祀神祭先，亲邻馈遗。是日，贴春联，换桃符，门上易神荼郁垒，以御凶鬼，图钟馗像悬门，以除虚耗。”[2] 又《长子县志》记：“十二月……‘除夕’，贴钟馗、桃符，家人聚饮‘守岁’，爆竹之声彻夜。”[3] 又《翼城县志》记：“十二月……‘除夕’，家家修岁事，悬荼垒、钟馗，换桃符，贴春联。”[4] 而不同地方供奉钟馗的时间有所不同，如《潞安府志》记“岁时民俗”云：“正月……‘元旦’春，贴钟馗、桃符，爆竹，椒酒，拜贺，与海内同。”[5] 又《黎城县志》记：“正月……‘元旦’，夙兴设供，祀天地、祖先；拜尊长、乡党，书春联帖，画钟馗于户上，列

① 李勇：《中国古代绘画中钟馗画寓意的演变》，载于《戏剧文学》，2005年第8期。

② 丁世良、赵放：《中国地方志民俗资料汇编》（华北卷），书目文献出版社，1989年版，第602页。

③ 丁世良、赵放：《中国地方志民俗资料汇编》（华北卷），书目文献出版社，1989年版，第624页。

④ 丁世良、赵放：《中国地方志民俗资料汇编》（华北卷），书目文献出版社，1989年版，第651页。

⑤ 丁世良、赵放：《中国地方志民俗资料汇编》（华北卷），书目文献出版社，1989年版，第610页。

桃符于旁，以厌百管。”[①] 又《屯留县志》记：“正月……‘元旦’贴钟馗、桃符，爆竹，祭祖先，拜亲人，椒酒会饮。”[②] 由此可见钟馗信仰在刘璋的家乡山西一带非常流行。刘璋又是一位好奇滑稽之士，深谙世俗。王青平根据《斩鬼传》中的环境描写，推测刘璋的家庭应属于下层社会，其有过在农村生活的经历。[③] 王植说他“谙于世事”[④]，上引方志中也同样以此四字评价刘璋。徐昆亦称赞说：“刘先生固读书好奇士也。”[⑤] 所以，钟馗信仰自然而然地成为刘璋创作《斩鬼传》的一个启发性因素和条件，刘璋亦自言：“第存其心也，而不能操其权，故其事假之钟馗，而其功归于咸富。”[⑥]（《斩鬼传序》）

四、民间贬斥人物的惯用表达方式和清初严苛的文字政策

“鬼”的观念起源甚早，在先秦时期就已存在。[⑦]《论语》中就载有孔子“敬鬼神而远之”的名言。从两汉一直到唐宋，虽然期间有人曾提出世无鬼神的唯物主义观点，如汉代王充、南朝范缜等人，但是人们对鬼神仍心存畏惧。明清时期，随着认识水平的提高和生产力的发展，人们逐渐发现鬼神是虚无缥缈的，是不存在的，对待鬼神的态度也发生了改变。因此，在民间就出现了将具有某种人性弱点的一类人称为某某鬼的现象。这种表达方式虽不好确定最早出现在何时，但在明清许多通俗小说和戏剧中却大量存在，如《西游记》中猪八戒口中的“色中饿鬼”；明代徐复祚的杂剧《一文钱》中的主人公“吝啬鬼”；明末清初尤侗的杂剧《钧天乐》中提到沈百送走了“穷鬼”而被仙人召到天上；同时的昆山归庄家庭窘困，曾写了一副春联自嘲：“一枪戳出穷鬼去，双钩搭

---

① 丁世良、赵放：《中国地方志民俗资料汇编》（华北卷），书目文献出版社，1989 年版，第 614 页。

② 丁世良、赵放：《中国地方志民俗资料汇编》（华北卷），书目文献出版社，1989 年版，第 639 页。

③ 王青平：《〈斩鬼传〉的作者刘璋》，见［清］刘璋：《斩鬼传》，北岳文艺出版社，1989 年版，附录，第 350 页。

④ ［清］王植：《深泽尹二刘合传》，见《崇雅堂稿·卷四·传》，《四库全书存目丛书》，齐鲁书社，1997 年影印，集 272 册。

⑤ ［清］徐昆：《柳崖外编》，光绪年间刊本。

⑥ ［清］刘璋：《斩鬼传》，北岳文艺出版社，1989 年版，第 2 页。

⑦ 参看晁福林：《先秦时期鬼、魂观念的起源及特点》，载于《历史研究》，2018 年第 3 期。

进富神来。”[①] 清钱彩的《说岳全传》则称呼鲁莽冲动的好汉牛皋为“冒失鬼”。清华广生辑录的《白雪遗音》中记载有题为“酒鬼”的民歌。[②] 在今天，我们口头上还常常将某一类人加上鬼号，如“色鬼”“小气鬼”“邋遢鬼”“倒霉鬼”“懒鬼”，等等。“谙于世事”的刘璋对此类民间习俗和表达方式必定是烂熟于心的。当他对当时社会上浇薄诡谲的人情世态心生愤恨与不平时，便会不由地联想到民间这种贬低、戏弄他人的惯用方式，进而对种种恶德败行和人性的弱点进行思考并从中总结、梳理出数十个典型代表，且冠以各式各样有趣的鬼号，借钟馗之宝剑以发泄自己愤世嫉俗的牢骚情绪，表达惩恶扬善的劝诫意图。

另外，笔者在翻阅山西方志时发现了一条非常有力的材料，足以证明刘璋受到了这种民间表达方式的直接影响。《解县志》记“民间语言”云：

……称有道德者曰活佛，没而可祀于社之义也。称无品行者曰混鬼，生而犹死之义也。男女淫奔者谓之臭门风……伶俐人，谓有智慧者。大肚子，谓有学识者。好言人之短者，谓之口打人。好矜己之长者，谓之显华鬼。……醉人也谓之酒混……惯骗人者，谓之小绺子。以势利欺乡愚，以钱财凌孤寡，此土豪家也，群畏而恶之，曰活阎王……[③]

这里面不但明确出现了“混鬼”“显华鬼”等称呼，而且解释“混鬼”乃“生而犹死之义也”，与刘璋在《斩鬼传序》中所说的“人而至于不善，非人也而实鬼矣”的意思完全一致。因此，可以肯定刘璋受到了当时钟馗信仰与上述民间表达方式的启发，选择以钟馗斩鬼的故事作为素材进行创作。

与此同时，清初严苛的文字政策对刘璋的创作也产生了影响。康熙朝的文字狱发生得十分频繁，著名的有“明史案”“南山集案”等。在这种政治环境和文化氛围下，文人噤若寒蝉，人人自危，在进行文学创

---

① [清]玉应奎撰，以柔校点：《柳南随笔续笔》，见《清代笔记小说大观》(三)，上海古籍出版社，2017年版，第2334页。

② [明]冯梦龙等：《明清民歌时调集》(下)，上海古籍出版社，1987年版，第763～767页。

③ 丁世良、赵放：《中国地方志民俗资料汇编》(华北卷)，书目文献出版社，1995年版，第694页。

作时会自觉地避开社会现实中的敏感题材，尤其是政治性题材。清赵翼曾在热河一带见过内府戏班子弟在中秋前数日演大戏，“所演戏率用《西游记》《封神传》等小说中神仙鬼怪之类，取其荒幻不经，无所触忌，且可凭空点缀，排引多人，离奇变诡作大观也”[①]。从中即可明显看出当时的文艺活动受到了巨大的政治压力。所以，作家在进行文学创作，尤其是创作具有讽刺意味的现实题材的通俗小说和戏曲时，常常借助于神仙鬼怪的题材。刘璋亦如此，他虽然以当时社会上庸俗的人情世态和败坏的道德人性为批判对象，且抱着惩恶扬善的教化意图，但也只能选择神怪题材。其在《斩鬼传序》中借他人之口论述了鬼乃天下最易画者，因为“若夫鬼则无形者，增之不见其长，减之不见其短，任意率笔，通无考证，此所以易画也”[②]。其所谓的“任意率笔，通无考证”与前引赵翼所言“取其荒幻不经，无所触忌，且可凭空点缀，排引多人，离奇变诡作大观也”何其相似。即便如此，当时仍有人指责《斩鬼传》情感太过直露，语言太过激切犀利，所以作者在序言中对此指天发誓以明心迹：“乃不知者，或疑予故以骂人，予敢以质诸天。”[③] 在该书以抄本形式流传的过程中，也确实有人对刘璋表示了不满和指责，侯执信在乾隆十年（1745）所写的跋中就提到有人以“骂世”“薄德”来评价刘璋及其《斩鬼传》。[④] 也正因为如此，刘璋的朋友瓮山逸士在其抄本序中竭力为其辩护，申述作者不惧鬼来与之为敌的理由。侯执信也在其跋中反复申发作者的用世之良愿和劝世之苦心：“先生之心，盖不啻操砺世磨钝之权也，不啻施移风易俗之化也，而岂其幻耶，而岂非真耶？”[⑤] 这一切均透露出当时社会环境的恶劣和艰难。刘璋不敢直斥浇薄的世风，而此时钟馗信仰与民间以鬼号贬人的方式正好为他提供了创作的灵感和机巧。因此，文字政策的残酷和严密也是促使刘璋最终选择钟馗斩鬼这一题材的重要的外在因素。

最后，笔者打算再谈谈《斩鬼传》创作的直接诱因问题，因为王青

① ［清］赵翼著，曹光书校点：《檐曝杂记》，见《清代笔记小说大观》（四），上海古籍出版社，2017 年版，第 3106 页。

② ［清］刘璋：《斩鬼传》，北岳文艺出版社，1989 年版，第 2 页。

③ ［清］刘璋：《斩鬼传》，北岳文艺出版社，1989 年版，第 2 页。

④ 侯执信跋，见［清］刘璋：《斩鬼传》，北岳文艺出版社，1989 年版，附录，第 251 页。

⑤ 侯执信跋，见［清］刘璋：《斩鬼传》，北岳文艺出版社，1989 年版，附录，第 251 页。

平在《〈斩鬼传〉的作者刘璋》一文中认为："触发刘璋创作《斩鬼传》这样具体的一部讽刺小说的直接原因，就是阅读了《草木春秋》。"[①] 他根据《斩鬼传》之《兼修堂跋》推断出作跋者即刘璋本人，而笔者在前文中已经就该问题作了分析，断定《兼修堂跋》的作者并非刘璋，而是其朋友瓮山逸士。所以，王青平关于《斩鬼传》创作诱因的推论就难以成立。王青平认为《草木春秋》和《斩鬼传》都采取了"无中生有"的构思手段，这一点无疑是正确的。"无中生有"其实就是人们平时所说的虚构和想象。我们还可以通过其他几处内容证明作者对"无中生有"这种虚构的叙述方式的推崇，除了前面提到的作者自序中关于画鬼容易画人难的说法外，还有乾本末尾描写钟馗庙所挂牌匾上的"盆样大的五个金字"——"那有这样事"。在此作者非常大方地承认了对虚构方式的运用和认同。而此处的批语对小说所采用的虚构方式给予了非常高的评价："一部书全是空中设色，并非实迹，不过劝世人改邪归正而已，五字结局，妙不容言。"[②]

笔者虽然否定了王青平关于《斩鬼传》创作的直接诱因的推论，但是从文学自身的发展规律来看，《斩鬼传》中虚构方式的运用也必然受到了之前作品的影响。明代就有一部名为《鬼方记》的文言小说，把社会上各种恶德败行具象为恶鬼形象。而清代李颖（字考叔）的《续南华诗文稿》中亦有一篇名为《鬼方记》的文言小说[③]，现摘录如下：

> 高宗伐鬼方，三年克之，乃分其地为郡县，升鬼谷先生为鬼方令。先生捧檄喜，其祖母鬼婆泫然流涕曰："只恐你做官来吾做鬼。"先生以王命为重，勿顾也，即日促装，兼程而进。过罗刹鬼国，入鬼门关，从者执鬼头刀、张鬼凉伞，行旌所至，鬼必瞷之。先生初下鬼车，宿鬼庙，门吏开门，齐声喝鬼。皂隶排衙，满堂逐鬼。随有乡绅、鬼仙、鬼判进贺，优孟衣冠，举止皆鬼形鬼势，相

① 王青平：《〈斩鬼传〉的作者刘璋》，见［清］刘璋：《斩鬼传》，北岳文艺出版社，1989 年版，附录，第 355 页。

② ［清］刘璋：《斩鬼传》，北岳文艺出版社，1989 年版，附录，第 250 页。

③ 薛洪勣、王汝梅主编的《稀见珍本明清传奇小说集》（吉林文史出版社，2007 年版）序言中提到明代有一部名为《鬼方记》的小说，不知与《续南华诗文稿》中的《鬼方记》是否为同一部，待考。

貌皆鬼头鬼脑，抵掌而谈，句句鬼话，所送贺礼币帛皆冥衣，金银皆纸锞，一味捣鬼而已。其旧主焦面鬼王与丞相蓝面鬼不理政事，终日鬼打诨，至今大鬼上天，小鬼落地，鬼闹鬼炒，而王法不及也。三日放告，适有二鬼争环，五鬼闹判，进状，状上皆鬼名词语，只图哄鬼。先生准之，佥牌差鬼嘴二万贯领牌捉鬼，顷刻拿到，一系追命鬼，一系讨债鬼，鞫之，皆鬼叫。先生知原差之弄鬼也，各加鬼责，断以鬼薪。其县僻处荒陬，所居皆鬼巷，所开皆鬼店，所卖皆鬼食，所做皆鬼市。其俗不尚礼义，喜则鬼啸，怒则鬼哭。世情嚣薄，是人是鬼，皆取绰号。贫而无钱曰穷鬼，壮而有力曰强鬼，规模狭隘曰酸鬼，局量偏浅曰馊鬼，壮而无夫谓之鬼妻，艾而无子谓之鬼老，筹画计议谓之鬼谋，田地花分谓之鬼寄。更有衣衫篮缕者谓之邋遢鬼，作事迟钝者谓之摸索鬼，饿浪形势者谓之偷饭鬼，贪觅弄盏者谓之活酒鬼，搽脂抹粉者谓之妖娆鬼，呆头搭脑者谓之厄忒鬼。恃财妄作之徒，有钱使得鬼推磨，奸诈盗伪之人，踢杀狱猕弄杀鬼。从色名者五：青面鬼、黄胖鬼、赤发鬼、黑心鬼、白日鬼；从体名者亦五：大头鬼、撒发鬼、硬颈鬼、破面鬼、轻脚鬼。又有不从正路之鬼过关，不务正事之鬼打墙，不近正人之鬼打伴，不为正气之鬼说合。凡日用之物，亦不轻放。不明不暗之鬼火也，作灾作难之鬼箭也，案上障面之鬼背也，门上暗锁鬼闩也。且四方之广，实繁有徒，伎俩有限之山鬼也，孤魂无主之野鬼也，乘潮破浪之落水鬼也，灰飞烟灭之杀火鬼也，总无一处不出鬼，无一日不见鬼。先生与鬼为邻，终日点鬼簿而已。合县之中，鬼神撩乱，四郊之内，神鬼皆惊。公堂之上见鬼见神，私衙之中捏神捏鬼。夫人亲操井臼，忙得蓬头赛鬼。先生焦心劳思，忧得愁魔病鬼。城社难保，时怀鬼胎，乃北面稽首再拜曰：“臣力竭矣，愿为厉鬼以杀贼。”贼闻，退三舍。先生恍然曰：“鬼神之为德，其盛矣乎！吾未能事神，焉能事鬼也。”即日挂冠归鬼谷，将其事登之鬼箓。适遭祖龙之焰，化为鬼火。苏东坡厌闻世事，令人说鬼，其门人刘打鬼言之凿凿，众鬼闻之，揶揄不止也。[1]

其文嬉笑佻达，写鬼事实乃嘲讽人事。明代方汝浩在《东游记》中也将这种抽象的德行化为具体的人物形象：“这部小说塑造了酒、色、财、气、贪、嗔、痴心、反目、懒惰等一大批情魔意魔的生动形象，表现了魔从心生、境随魔变、魔由情化的精彩场面，借神怪演世情，展示出封建社会镇南关一幕幕有趣的家庭生活内部的矛盾和斗争，使作品兼具神话小说、写实小说的特色。”[2] 这类小说无疑会给刘璋带来一些创作上的灵感和启发。另外，明代的《钟馗全传》亦影响了刘璋的创作。

总之，《斩鬼传》的创作动因是多重因素的综合。污浊不堪的社会现实和日趋堕落的丑恶人性是作者创作的动机，钟馗信仰的流传和民间讽刺方式又赋予作者创作的灵感，清初对伦理教化的重视和严苛的文字政策亦对作者的创作产生了一正一反的促进和限制作用。因此，在复杂的社会环境当中，刘璋最终选择了钟馗斩人间恶鬼的题材和叙述模式，从而影响了《斩鬼传》的整体艺术风格。

第二节 《斩鬼传》人物情节的素材来源

王青平曾分析了《三国演义》《水浒传》《西游记》《金瓶梅》等通俗小说对《斩鬼传》叙事的具体影响。其实，在具体的人物情节设置方面，刘璋还借鉴了历代笔记、笑话集、戏剧甚至正史。作者对这些材料或者原封不动地搬用，或者对其重新进行艺术加工，使之成为自己表达写作主旨的有力工具。下面笔者将尽量发掘小说中具体的人物情节的取材来源，并略加分析。

咸渊、富曲是阎王派给钟馗的文武副手。这二人的名字其实是“衔冤”“负屈”的谐音，长江文艺出版社 1980 年出版的《斩鬼传》就直接把此二人的名字改为“衔冤”“负屈”，变得直白无味。笔者认为此二人

---

① ［清］褚人获：《坚瓠集》，见《清代笔记小说大观》（二），上海古籍出版社，2017 年版，第 1491～1493 页。

② ［明］方汝浩：《东游记》，浙江古籍出版社，1988 年版，序言，第 1～2 页。

之名当取自罗烨《醉翁谈录》对宋元说话艺术的评论："说国贼怀奸从逆，遣愚夫等辈生嗔；说忠臣负屈衔冤，铁石心肠也须下泪……"[①] 小说第二回中，钟馗在希奇寺询问咸渊、富曲二人的身世经历，二人都是满腹委屈，与钟馗同命相怜，咸渊"说罢，嚎啕大哭"，富曲也是落泪不已。虽说二人的命名与《醉翁谈录》有密切的关系，但是促使刘璋最终以"衔冤""负屈"为人物命名应该与这两个词在《斩鬼传》之前的通俗小说中频繁出现有关。比如在《水浒传》中，"负屈"一词与"含冤"相连见于第六十二回卢俊义的陈词；而"负屈衔冤"四字则出现了两次，分别出现在第八回和第二十六回中的林冲、武松之口。值得注意的是，《金瓶梅》对"负屈衔冤"的使用频率更高，共出现了五次，分别见于第九回、第十回、第二十六回、第五十八回和第七十二回。笔者将在下文具体梳理《斩鬼传》对《金瓶梅》在某些讽刺情节上的继承与发挥，此处不赘。综上，笔者认为刘璋在为历史和现实中遭遇不公平待遇的文臣武将命名时很可能直接受《醉翁谈录》中关于"衔冤负屈"的记载以及《金瓶梅》等通俗小说对"负屈衔冤"词组频繁使用的习惯的影响。

小说第三回写钟馗斩酽脸鬼一事，酽脸鬼自述了脸厚的缘由："若说起俺这脸来，恰也有原有委。当日家师教俺一个唾面自干的法儿，俺得了此法，不过只要脸厚罢了。因此俺就造了一副铁脸，外面用布裹漆了。俺恐不甚坚牢，又将桦皮帖了几层。"[②] 酽脸鬼的"家师"自然是唐朝的娄师德[③]，而其铁脸的描写应该是受到了明代宪宗朝宰相万安脸皮的启发，万安是既贪婪又卑鄙的奸臣，时人评价他"面如千层铁甲，心似九曲黄河"。酽脸鬼的形象可能就是以娄师德、万安之类的人物为原型，刘璋在描写其厚脸时受"面如千层铁甲"的启发，并对该句话进行了形象化的艺术重塑。

低达鬼是社会上帮闲篾片的代称，是势利、谄媚人格的形象化，其拿手好戏就是"极会奉承"（倒塌鬼语）。刘璋对他的典型形象特征进行

---

① ［宋］罗烨：《醉翁谈录》，见《续修四库全书·子部·小说家类》，上海古籍出版社，2002年版，第1266册，第409页。

② ［清］刘璋：《斩鬼传》，北岳文艺出版社，1989年版，第50页。

③ ［唐］刘餗著，赵守俨校：《隋唐嘉话》，中华书局，1979年版。

了聚焦式的描摹，这其实就是谄媚小人的共同的肖像画。明宗臣在其著名的书信散文《报刘一丈书》中摹写了当时朝中钻营趋奉者卑躬屈膝、摇尾乞怜的丑态，极尽嘲讽之能事：

日夕策马，候权者之门，门者故不入，则甘言媚词，作妇人状，袖金以私之。即门者持刺入，而主人又不即出见，立厩中仆马之间，恶气袭衣袖，即饥寒毒热不可忍，不去也……[①]

清褚人获《坚瓠补集》记“王丹麓戏为谄卦，描摹谄字，义如燃犀照水，情状毕现”，其中“六三，胁肩谄笑，病于夏畦，凶。象曰：笑乃胁肩，不自知其病也”。[②] 褚人获在其《坚瓠补集》中还收录了朱望子的一首《势利诗》：

看他势利状如何，谄笑腰弯与背驼。佳节大盘并大盒，良宵高宴又高歌。穷来即便交情绝，事到依然谢礼多。更有一般无用处，难将书帖送阎罗。[③]

唐张鷟《朝野佥载》记薛稷等人无耻邀宠：“皆外饰忠鲠，内藏谄媚，胁肩屏气，而舐痔折肢，阿附太平公主。”[④] 可见历代文人有见识、有骨气者对蝇营狗苟之辈的鄙弃态度是完全一致的。刘璋对低达鬼的描摹当与此有关，而且更加形象生动，丑化力度更大。

穷胎鬼出现在第八回，该形象的塑造并无直接的材料来源，但是其《祭钱神文》则必然是受到了汉扬雄《逐穷赋》、唐韩愈《送穷文》，尤其是晋鲁褒《钱神论》的启发。现将《祭钱神文》摘录如下，以便读者更好地理解该文与此三篇文章之间的关系：

呜呼，钱号！君其怪我耶？何终年未睹其面也！君其畏我耶？何一见而辄去也！噫嘻！我知之矣。念予赋性恬淡，制行孤洁，无狼狈之心，无奔波之脚，无媚世之奴颜，无骗人之长略。因致予之

① 明刻本《宗子相集》卷二〇。

② ［清］褚人获：《坚瓠补集》，见《清代笔记小说大观》（二），上海古籍出版社，2017 年版，第 1873 页。

③ ［清］褚人获：《坚瓠补集》，见《清代笔记小说大观》（二），上海古籍出版社，2017 年版，第 1392 页。

④ ［唐］张鷟著，赵守俨点校：《朝野佥载》，中华书局，1979 年版，第 144 页。

无由，故教予之不屑。况尔形虽圆，秉性甚坚，尔心虽方，其党动千。安肯伈伈伣伣俯首降心以从我也？呜呼，钱号！君不来，其如我何？寒则待子而衣，饥则待子而食，亲友待子而交游，负欠待子而补窟。子既不屑下交，予又安得不伈伈伣伣俯首降心以招子乎？闻君爱饮者白酒，爱食者鸡蛋。今则有酒盈罇，有蛋在豆。爰裁短文，以祭之曰：维我钱神，内方外圆，像天地之形体，刻帝王之宝号。非富贵而不栖，非勤俭而莫到。羡文皇之贯巧，珍重故来；嗟武帝之空虚，侈情便耗。爱子有灵，神鬼可通；爱子有势，爵禄可致。胡动而谄者立至，足举而侍者候门，舍君奚至？然则君之为用大矣哉！今者予实维维，披诚切许。改阮籍之白眼对子垂青，化稽康之傲骨逢君不怒。韫匮而藏，愿求贮于千年；用之则行，期相逢于异日。我欲长长而见，子其源源而来。唯鉴此日之殷勤，莫计从前之疏忽。须臾祭毕，倦体而睡。见一黄衣人揖予而言说：子今改弦易辙，吾将引类而呼朋矣。但子仁义尚存，廉耻未去，无入门之法，奈何？予霎然惊，怡然悟，念仁义之难忘，知廉耻之必顾。起视其酒，酒犹盈罇，起视其蛋，蛋犹在豆。予将醉饱以乐天真，君其唯唯而退后。[①]

这篇祭文与《钱神论》有许多文字表述基本相同，如“维我钱神，内方外圆，像天地之形体，刻帝王之宝号”，《钱神论》中则为：“故使内方象地，外员象天，大矣哉！钱之为体，有乾有坤。内则其方，外则其圆。”[②] 又如“寒则待子而衣，饥则待子而食，亲友待子而交游，负欠待子而补窟”，“爱子有灵，神鬼可通；爱子有势，爵禄可致。胡动而谄者立至，足举而侍者候门，舍君奚至？然则君之为用大矣哉！”《钱神论》中则为：“钱之为言，泉也。百姓日用，其源不匮，无远不往，无深不至……官尊名显，皆钱所致。”[③] 类似之处颇多，不具。

而《逐穷赋》和《送穷文》虽然在嬉笑怒骂中表达了怀才不遇和君子固穷的主题思想和人生追求，但是其中穷鬼多与品行高洁之士相随相

① ［清］刘璋：《斩鬼传》，北岳文艺出版社，1989 年版，第 137～138 页。
② ［清］严可均：《全上古三代秦汉三国六朝文》，中华书局，1958 年版，第 2106 页。
③ ［清］严可均：《全上古三代秦汉三国六朝文》，中华书局，1958 年版，第 2107 页。

伴的描写想必对穷胎鬼祭文中的讽刺性表述产生了影响。另外，古人对金钱的这种态度具有相当的普遍性，清褚人获在其《坚瓠补集》中收录了人们阅读鲁褒《钱神论》后对钱神的态度和看法："或问伍蓉庵云：'钱神亦有不灵时否？'蓉庵云：'钱神是淫昏之鬼，遇贪邪则灵，遇廉正则死。死则不灵。'"[①] 南宋岳珂《桯史》中记有一则"致富无贼"的笑话，提到必须去除五贼方可致富，五贼即仁、义、礼、智、信。由此看来，穷胎鬼的祭文不但继承和借鉴了鲁褒《钱神论》的价值取向和文字表述，而且也是当时社会对金钱共同看法的总结。

白眉神出现在第八回，他帮助钟馗收服了黑眼鬼。记载白眉神的材料比较多，一般认为他的前世是春秋时期的盗跖，如明赵南星对盗跖死后转为白眉神一事评说道：

> 盗跖横行杀人……及至死后，却受乐户的香火。乐户家女子，初学弹唱，定要先参见他，乞讨聪明。有等妓女，将他暗暗供养，不令人见，因他的眉毛尽白，叫做白眉神。他就作花柳魔，勾引的浪荡子弟，都来此家挥金如土。[②]

清褚人获《坚瓠补集》中有"白眉神祠"的记载：

> 教坊妓女各供白眉神，即祆神也。朔望以手帕扎神面一过，遇弟子有打乖者，辄以帕掷其面，坠地使拾之，自然心悦而从，留恋不已。盖厌术也。[③]

此说亦见于明田艺蘅《留青日札》之"白眉神"条，略有不同。可见，盗跖死后转为白眉神是明清青楼中流行的一种信仰。[④] 这种民间习俗和传说被刘璋借用，以表达对当时世态的愤慨和讽刺。这也是刘璋为

---

① ［清］褚人获：《坚瓠补集》，见《清代笔记小说大观》（二），上海古籍出版社，2017 年版，第 1831 页。

② ［明］赵南星：《笑赞》，见卢冀野校订：《清都散客二种》，中州古籍出版社，1991 年版，第 24 页。

③ ［清］褚人获：《坚瓠补集》，见《清代笔记小说大观》（二），上海古籍出版社，2017 年版，第 1831 页。

④ 刘士义《明代青楼文化与文学》（中国社会科学出版社，2018 年版）第二章"明代青楼与文人品鉴"中"白眉神与青楼巫术"一节有详细论述，可参看。

什么不认为白眉神是洪涯的原因。[①]

色中饿鬼是在第九回出现的重要的反面形象。宋元小说尤其明清小说中出现了许多好色风流的淫僧形象，如《水浒传》中与杨雄之妻潘巧云通奸的和尚裴如海，还有特以僧人破戒淫人妻妾为题材的故事，如宋元话本《简帖和尚》《五戒禅师私红莲记》，以及冯梦龙《醒世恒言》第三十九卷《汪大尹火焚宝莲寺》等。前两篇又被冯梦龙加以修订改编后收入《喻世明言》。此时期另有许多揭露和嘲弄破戒淫僧的笑话，比如冯梦龙《笑府·广萃部》就有“和尚宿娼”“硬”“跳墙”“闻香袋”等数则，且举第一则为例：

> 一僧宿娼家，以手摸娼前后，忽大叫曰：“奇哉！妙哉！前面好像尼姑，后面一似我徒弟。”[②]

如此一来，和尚被时人称为“色中饿鬼”也就不足为奇了。如《西游记》第二十三回“四圣试禅心”一节中猪八戒就曾说：“大家都有此心，独拿老猪出丑。常言道：‘和尚是色中饿鬼。’那个不要如此?”[③]《水浒传》中的淫僧裴如海即被定义为“色中饿鬼”，作者在叙述其与潘巧云通奸一事时曾两次转引古人语进行评价，一是“和尚们还有四句言语，道是：一个字便是僧；两个字是和尚；三个字鬼乐官；四字色中饿鬼”[④]，二是“自古说这秃子道：色中饿鬼兽中狨，弄假成真说祖风。此物只宜林下看，岂堪引入画堂中”[⑤]。此两段文字又被《金瓶梅》第八回转述。其实，“色中饿鬼”四字在明代通俗小说中较为常见，在《欢喜冤家》《鼓掌绝尘》《媚史》《隋炀帝艳史》《西湖二集》《续欢喜冤家》《萤窗清玩》等小说中皆出现过，在凌濛初《拍案惊奇》中出现过三次，分别是卷六《酒下酒赵尼媪迷花 机中机贾秀才报怨》的篇首诗：

---

① 明谈迁《枣林杂俎》云：“白眉神即古洪崖先生也。”中华书局，2006年版，第508页。张衡《西京赋》之薛综注云：“洪崖，三皇时伎人，娼家托作之，衣毛羽衣。”亦可参看马书田：《中国俗神》，团结出版社，2007年版，第209页。

② ［明］冯梦龙：《笑府（附〈广笑府〉）》，海峡文艺出版社，1992年版，第76页。

③ ［明］吴承恩：《西游记》，人民文学出版社，1980年版，第295页。

④ ［明］施耐庵：《水浒传》，岳麓书社，2008年版，第469页。

⑤ ［明］施耐庵：《水浒传》，岳麓书社，2008年版，第473页。

"色中饿鬼是僧家，尼扮繇来不较差。况是能通闺阁内，但教着手便勾叉。"[①] 卷十七《西山观设辇度亡魂 开封府备棺迫活命》："谁知黄知观是个色中饿鬼……"[②] 卷二十六《夺风情村妇捐躯 假天语幕僚断狱》篇首诗："美色从来有杀机，况同释子讲于飞。色中饿鬼真罗刹，血污游魂怎得归?"[③]《禅真逸史》中则出现过四次，第七回两次、第十三回和第二十六回各一次。在众多的"色中饿鬼"中只有寥寥可数的几位是世俗凡人，如书生文荆卿（《鼓掌绝尘》第二十七回）和刘生（《萤窗清玩》第三卷）、天子隋炀帝（《隋炀帝艳史》第三回），其余均为出家人，比如《西湖二集》第二十八卷《天台匠误招乐趣》中的老尼姑以及《拍案惊奇》中的黄道士，当然绝大多数还是和尚。可以看出，刘璋在《斩鬼传》中对淫僧形象的设置和刻画，以及"色中饿鬼"之号的直接命名，正是在相关文学传统的基础上完成的。

如《水浒传》写裴如海收买了一个报晓头陀，让其每天早上五更敲木鱼念佛作为暗号，后因石秀发现其中蹊跷而被窥破隐情；《斩鬼传》中地溜鬼打探色中饿鬼行踪时，也是偶然间看到巷子里有小和尚敲木鱼念经才得以顺藤摸瓜：

> 正在沉吟之际，只见道旁一个小和尚，坐在人家门首，敲着木鱼念经。地溜鬼听他时，念的却不是经，模模糊糊念的却是"俏冤家""王大娘"之类。地溜鬼道："此必有缘故。"问道："师傅，你化的甚么?"他亦不应，心下想道："莫非色中饿鬼在这家，他在此观风么?"[④]

二者之间的关系不言自明。

第十回写钟馗等人完成斩鬼任务回到冥间向阎王交差时，被告知被斩的那些荡妇原来就是吕太后、武则天、赵飞燕等人的后身，说明善恶

---

① ［明］凌濛初著，章培恒整理，王古鲁注释：《拍案惊奇》（上），上海古籍出版社，1986年版，第93页。

② ［明］凌濛初著，章培恒整理，王古鲁注释：《拍案惊奇》（上），上海古籍出版社，1986年版，第267页。

③ ［明］凌濛初著，章培恒整理，王古鲁注释：《拍案惊奇》（下），上海古籍出版社，1986年版，第449页。

④ ［清］刘璋：《斩鬼传》，北岳文艺出版社，1989年版，第156～157页。

有报冥府无私："王莽、曹操已在阿鼻中数百余年。至于安禄山、杨国忠，已将他罚转牛类了，生前受无限的苦楚，临死还要偿他一刀，剉骨剐皮，其罪莫大也。你道阴府无公道么?"① 后面还将陷害钟馗的卢杞下油锅炸得"皮骨皆脱"，分给众阴兵吃了。这一情节其实就是中古以来常见的冥游故事的浓缩版。刘璋对钟馗两次入冥的书写正是在冥游故事大量流播的文化背景和文学传统下完成的。自《幽明录》中赵泰冥游故事起，主人公入冥游历时一般都目睹了生前为非作歹之辈在地狱所经受的各种各样的酷刑：

> 所至诸狱，楚毒各殊。或针贯其舌，流血竟体。或被头露发，裸形徒跣，相牵而行。有持大杖，从后催促。铁床铜柱，烧之洞然。驱迫此人，抱卧其上，赴即焦烂，寻复还生。或炎炉巨镬，焚煮罪人，身首碎坠，随沸翻转。有鬼持叉，倚于其侧。有三四百人，立于一面，次当入镬，相抱悲泣。或剑树高广，不知限极，根茎枝叶，皆剑为之。人众相訾，自登自攀，若有欣竞，而身体割截，尺寸离断。②

如此恐怖且残酷的惩罚其目的自然是使人"知所畏而为善也"（刘璋《斩鬼传序》），一如佛教尊神不动明王现愤怒相之意。到后来，冥游故事的主人公多变为潦倒困顿之科举士子，而且在抒发不平之外，大多将批判和抨击的矛头对准历史上的大奸大恶之人，代表作品有冯梦龙《喻世明言》卷三十一《闹阴司司马貌断狱》、卷三十二《游酆都胡母迪吟诗》以及《西游补》第九回"秦桧百身难自赎 大圣一心皈穆王"等，尤其前二者中还出现了吕后、卢杞，并且特意点出冥府中"又一狱，皆淫妇、妒妇、狠妇等辈"③。据此可以想见，《斩鬼传》开篇钟馗入冥情节的设置与叙述当受到了上述作品的启发和影响。

另外需要指出的是，《斩鬼传》的成书与古代笑话以及《西游记》《金瓶梅》的关系尤为密切，尤其是笑话艺术对《斩鬼传》讽刺小说性质的确立至关重要。对此，笔者将在后文单列一章进行阐释和说明。

---

① ［清］刘璋：《斩鬼传》，北岳文艺出版社，1989 年版，第 181 页。

② ［宋］李昉等：《太平广记》（第八册），中华书局，2017 年版，第 2996~2997 页。

③ ［明］冯梦龙：《喻世明言》，华夏出版社，2011 年版，第 355 页。

总之，根据有限的资料、信息可以推断刘璋在创作之初进行了广泛的素材搜集和阅读工作。第一，刘璋笔下的钟馗是唐朝人，那么他必然要收集关于唐代的一些文献史料、文人笔记，从中择取有用的材料。第二，《三国演义》《水浒传》《西游记》《金瓶梅》等小说作品在明朝中后期的流行也保证了刘璋可以有直接参考和借鉴的依据。第三，明清笑话集和《太平广记》等大型类书也为作者搜集和阅读相关材料提供了极大的便利。第四，徐昆曾称赞刘璋说："刘先生固读书好奇士也。"（《柳崖外编》）这也为我们提供了一条有力的证据，作者既然是一个喜欢读书的好奇之士，那么他完全有可能接触过上文列举的文献资料，并从中汲取有价值的材料加以充分利用。

第三节 《斩鬼传》对话本小说[①]的借鉴

《斩鬼传》在形式上属于中篇章回体小说，而章回体小说是从宋元话本演变而来的，所以《斩鬼传》在形式上多少保留了话本小说的文体特征。

话本小说的文体特征非常明显，一般分为题目、篇首、入话、头回、正话、篇尾。篇首通常是一首诗或词，由作者自撰，但更多的是引自古人；入话对篇首诗词加以解释，且常借此发表议论以引入正话；头回是在诗词和入话之后插入的一段与正话相类或相反的故事，该故事自身就是一回书，可以单独存在；正话即话本的主体部分；篇尾是在情节发展结束之后，作者现身对故事加以总结，或对观众进行劝诫，一般以诗词为主。[②] 话本小说有着自己固定的表述特点，说话人的口语特色比较明显，在刻画人物和描绘环境时，多用韵文诗词，常以"但见"开头；另外，作者或者说话人常常现身作主观评价，主观色彩比较浓郁。

在明清章回体小说中也能看到上述话本小说的文体特征，且以冯梦龙推崇的"四大传奇"——《三国演义》《水浒传》《西游记》《金瓶梅》

① 为论述方便，本书所说的话本小说包括宋元话本和明清拟话本。

② 胡士莹：《话本小说概论》，中华书局，1980年版，第135页。

为例进行讨论。这四部小说中都保留了话本小说的篇首，即书前的诗词，毛本《三国演义》开篇引用的是著名文学家杨慎的《临江仙》；《水浒传》的引首不但有诗词，还有对诗词的解释和引申，所以该引首本身就相当于话本小说中的篇首与入话；《西游记》常常以几回为一个叙述单元，每个单元都有一首诗词作为引子，如第一回、第八回、第九回、第十一回等。为了保证故事的完整性和情节叙述的连贯性，话本小说的头回在章回体小说中基本消失了。明天都外臣的《水浒传序》云："洪武初，越人罗氏，诙诡多智，为此书，共一百回，各以妖异之语引于其首，以为之艳。嘉靖时，郭武定重刻其书，削去致语，独存本传。余犹及见《灯花婆婆》数种，极其蒜酪。"[①] 而冯梦龙改编的《新平妖传》第一回即演灯花婆婆事，相当于话本小说的入话部分。话本小说的篇尾部分则演变为章回体小说的回后诗。当然，章回体小说的回后诗与话本小说篇尾的整首诗词不同，其多是以二句诗语对该回内容加以总结和议论。其他如"说书人叙事"也在章回体小说中保留下来，包括一套习用语如"但见""只见""话说""且说""却说""正是""有诗为证"等；每回结束时的"预知后事如何，且听下回分解"；说书人现身与读者对话或进行评论。[②] 而笔者所说的《斩鬼传》在形式上对话本小说的借鉴，主要表现在两个方面：回前诗的统一运用和浓郁的主观色彩。

一、回前诗的统一运用

明代章回体小说一般只在书前引用一首或几首诗词，每回只有回目而没有回前诗，这就基本保证了情节发展的连贯性和读者阅读的顺利进行。当然，其间也出现了《西游记》这种每一个故事单元之前都有回前诗的小说，但是回前诗的隐没确实是章回体小说的发展趋向。到了清代，一些注重小说形式的作家在每一回都使用回前诗，并且常对其作一番解释、评价，俨然话本小说中的入话，褚人获的《隋唐演义》就是代表。刘璋的《斩鬼传》虽只有短短十回，但每回都有回前诗，只是没有像《隋唐演义》那样对回前诗加以解释和申发（除第一回、第五回外）。

---

① 转引自朱一玄、刘毓忱：《水浒传资料汇编》，百花文艺出版社，1981年版，第167页。

② 孟昭连、宁宗一：《中国小说艺术史》，浙江古籍出版社，2003年版，第255～258页。

《斩鬼传》与《隋唐演义》等作品的回前诗的运用，主要借鉴了话本小说的体例特征。虽然明代章回体小说《西游记》也有回前诗，但是《西游记》并没有形成一个规范的、具有普遍意义的文体形式，不能构成一种文学样式的体例特征。一种文学样式所受的影响必然是来自之前另一种成熟的文学样式。当然，长篇章回体小说对短篇话本小说体例的借鉴也需要一个发展过程，像《西游记》这样隔几回（也有连续两回）才有回前诗的情况只是这个过程中的一个过渡阶段。

胡士莹先生对话本小说回前诗的作用作过总结："诗词的作用可以是点明主题，概括全篇大意；也可以是造成意境，烘托特定的情绪；也可以是抒发感叹，从正面或反面陪衬故事内容。"[①] 而《斩鬼传》的回前诗以点明主题、概括大意为主。如第一回"金銮殿求荣得祸 酆都府舍鬼谈人"的回前诗云：

> 世事浇漓奈若何，千般变态出心窝。
> 只知阴府皆魂魄，不道人间鬼魅多。
> 闲提笔，漫蹉跎，谁能个个不生魔？
> 若教改尽妖邪状，常把青锋石上磨。[②]

此诗的首联、颔联是对人间鬼物成因的分析，与文中阎王对钟馗所说的"大凡之分，只在方寸。方寸正时，鬼可为神，方寸不正时，人即为鬼"[③] 完全一致。尾联则指钟馗受命斩鬼一事。事实上，第一回叙述的正是钟馗如何成为斩鬼大神的经历，他才美学高却只因相貌丑陋而遭天子弃、奸臣诬，愤懑之下拔剑自刎，天子因此幡然醒悟，遂封其为"驱邪大神，遍行天下，以斩妖邪"。钟馗赴阎罗殿斩鬼却得知人间鬼魅更多，因此率领咸、富二将前往人间寻鬼斩之。可见，第一回的回前诗正是该回主要内容的概括。

第四回"因齷齪同心访奇士 为仔细彼此结冤家"叙述的是齷齪鬼与仔细鬼寻找急赖鬼商量退敌之策，在急赖鬼的建议下，他们邀请不通鬼写了一封"吓蛮书"，意欲吓退钟馗，不料齷齪鬼和仔细鬼因摊钱不

---

① 胡士莹：《话本小说概论》，中华书局，1980 年版，第 135 页。
② ［清］刘璋：《斩鬼传》，北岳文艺出版社，1989 年版，第 6 页。
③ ［清］刘璋：《斩鬼传》，北岳文艺出版社，1989 年版，第 12 页。

均而起内讧，最后被钟馗挨个斩掉。本回中龌龊鬼与仔细鬼乃作者重点刻画的对象，所以作者不但在回目中点明了二人的主要事迹，而且还特意通过回前诗就二人的鄙吝本性作了又一次嘲弄式的叙述：

财如血，些儿出去疼如裂。疼如裂，六难何膺，但凭故说。究竟胡诌诌不着，忽然两地成吴越。成吴越，鹬蚌相持，鱼人自悦。（《右调·忆秦娥》）[①]

该词的第一句写二鬼的吝啬秉性，第二句写他们为了保住钱财去向不通鬼求助，第三句是说不通鬼和诌鬼胡吹并没有解决问题，此时龌龊鬼和仔细鬼起了内讧，最后一句说二鬼相争，钟馗捡了便宜。词的内容恰是第二回内容的完整概述。其余八回的回前诗均是对正文内容的总结和概括。因此，《斩鬼传》回前诗的运用必定是对话本小说体例的模仿与借鉴。

二、浓郁的主观色彩

浓郁的主观色彩是话本小说的一个重要特点，主要体现在作者与听众或读者对话，以及作者直接对情节、人物加以主观评价和道德说教上。明清章回体小说的出现和发展受到宋元话本极为深远的影响，《斩鬼传》就是一个显例。作者刘璋在具体的创作过程中，面对污浊的社会现象和人性的丑陋黑暗总是忍不住进行一番激愤的评论和说教。从小说的发展规律看，《斩鬼传》中这种强烈的主观色彩带有作者对话本小说叙述方式的自觉借鉴和模仿。

《斩鬼传》中浓厚的主观色彩首先表现在作者时不时地站出来提醒读者，与读者交流。最明显的就是作者经常用“你道”来向读者发问，这实际上只是作者的自问自答。例如：

第一回：“你道可叹不可叹？在下如今想了个消魔的方法，与列位醒醒脾胃。”“你道当日主闱的是谁？原来正主考是吏部左侍郎韩愈，副主考是学士陆贽。”

第三回：“你道此人是谁？原来是簿子上说的那冒失鬼是也。”

---

① ［清］刘璋：《斩鬼传》，北岳文艺出版社，1989年版，第60页。

第四回："你道为何？他见桌上芝麻已是主人之物了，不想又被龌龊鬼设计吃了，所以心疼起来。""你道是谁？原来是龌龊鬼与仔细鬼，因与诌鬼饯行，攒钱不均，龌龊鬼少出数个又有两个小钱，所以仔细鬼大怒，率领家兵，与龌龊鬼厮杀。""你道为何？原来龌龊鬼与仔细鬼每月关粮不足，众鬼兵已是恨他，又见钟馗扎下营寨，料想纵有功劳，绝无赏赐，因此散了。"

第五回："你道是谁？原来就是那仔细鬼的儿子耍碗鬼，同了两个知心朋友，一个叫做诓骗鬼，一个叫做丢谎鬼，在此间取乐。""却是为何？只因他两家从不请客，所以都不会行令。""你道他往那里去了？原来他与诓骗鬼做成圈套，将银子均分，竟到南边做生意去了。"

第六回："你道是谁的？原来丢谎鬼与诓骗鬼分了五千两银子，他就做了财主，买了两个小子，一名叫做捕风，一名叫做捉影。"

第九回："你道听见些甚么：……"（写色中饿鬼淫秽事）"你道如何：……"（写醉死鬼进入"醉乡深处"）

这种方式几乎出现在每一回中，作者站出来向读者提问，然后自己回答。同时，我们可以从这些回答中明显看出作者的批判态度和情感倾向。另外，作者有时还会站出来向读者交代时代背景，如第一回钟馗进京科考时，作者站出来解释当时的科举制度："原来唐朝取士，与汉朝不同。汉朝取人以孝廉，唐朝取人以诗赋。"① 在第二回中，钟馗遇到第一个鬼物捣大鬼，作者用"你看他那形容真正可笑"一句直接与读者对话，兼提醒读者，并用韵语形式细致描摹了此鬼的神态外貌，语言诙谐机趣，含讽带刺，犀利刻薄。

于人物情节之外作主观评论和道德说教是《斩鬼传》具有浓厚的主观色彩的另一个重要表现。这一点也是受话本小说的影响。宁宗一先生就认为：

> 在早期的话本中，说书人引导听众暂时脱离情节进行思考与判断的做法并不常见，因为它不适于说与听的关系。但到了话本小说阶段，作者大多是有正统思想的封建文人，他们在维护封建的传统思想观念方面，似乎更为自觉……为了达到自己的说教劝诫意图，

① ［清］刘璋：《斩鬼传》，北岳文艺出版社，1989 年版，第 8 页。

> 他们除了将之渗透进故事情节之中，还频频地利用“说书人”叙事角色，弃下情节叙述而评论人物情节，并加以引申。[①]

在章回体小说的发展过程中，小说作者不自觉地受到了话本小说这方面的影响，《斩鬼传》的作者刘璋也不例外。

如第一回和第五回中，刘璋对回前诗的议论和解说就相当于话本小说的入话部分，是作者现身揭示主题最明显的地方。每一回的回前诗基本都是对该回主要内容的概括和总结，但同样也可看作是作者对小说人物的主观化评价。在钟馗每斩掉一个鬼物之后，作者就会用两句韵语进行评论，如第二回末弥勒佛吞掉三个鬼后，作者评论说：“三个鬼王，人间作尽千般态；一堆臭屎，死后不值半文钱。”[②] 第四回叙述龌龊鬼出恭后屎被狗吃了，不料狗又出恭，作者特意作了一首七言绝句予以讽刺：

> 人污之后狗偏污，狗吃人污狗奈污。
> 料想人吞吞不得，亦须包裹当馒头。[③]

作者对龌龊鬼的鄙弃、厌恶之情就在这四句诗中流露出来。此回中仔细鬼的儿子谨遵父亲遗命，将仔细鬼的尸体碎割卖掉，作者不禁站出来对其儿子嘲弄一番：“这也叫个事死如事生，事亡如事从的儿子了。”[④]“事死如事生，事亡如事存”原本是《礼记·中庸》对孝子的规定，作者在此正话反说，借儒家的经典论述对仔细鬼只图蝇头小利而不顾人伦大德的行为进行嘲讽。

第六回叙写诓骗鬼在与丢谎鬼在骗得讨吃鬼和耍碗鬼的万两银子后，到南方做财主，又被抠掐鬼害死一事。在叙述故事之前，作者先发表了一通议论：“原来人虽如此如此，天理必然必然，报应循环一点不错。”[⑤] 在该回中，作者所引用的俗语如“无巧不成话语”“蛇无头而不行，鸟无翅而不飞”等本身也是其主观态度的体现。

---

① 宁宗一：《中国小说学通论》，安徽教育出版社，1995 年版，第 416 页。
② ［清］刘璋：《斩鬼传》，北岳文艺出版社，1989 年版，第 32 页。
③ ［清］刘璋：《斩鬼传》，北岳文艺出版社，1989 年版，第 62 页。
④ ［清］刘璋：《斩鬼传》，北岳文艺出版社，1989 年版，第 71 页。
⑤ ［清］刘璋：《斩鬼传》，北岳文艺出版社，1989 年版，第 101 页。

在第七回中，作者在讲完五个小鬼戏弄钟馗之后解释道："以此留下五鬼闹钟馗的故事，就是为此。"并发议论说："当日亦是钟馗合该有难。"①

第九回写醉死鬼和色中饿鬼商量要相互帮衬着同行共存，此时作者又站出来发表对酒色伤人的见解："却不知，这酒色最是同行不的，若要同行起来，倾刻就要伤命。"②

上述例子均是作者现身作出的议论和评价，清楚地体现了话本小说的叙述方式和文体特征。

刘璋为什么会着重在这两个方面对话本小说进行模仿和借鉴呢？笔者认为这主要跟作者欲人为善的写作目的和愤世嫉俗的不平情绪有关。话本小说的回前诗、入话和叙述者的主观叙事特征均表现了浓厚的主观色彩，这一点正好适应和满足了刘璋情感发泄和议论说教的创作需要。明清章回体小说在发展过程中，受话本小说叙述方式的影响越来越弱，话本小说的叙事特征在其中的体现也就越来越不明显，但是清初刘璋的《斩鬼传》显然是个特例，它不但具备了章回体小说的一般特征，如分回标目、习惯套语、写人写景的诗词韵语、回后诗及"且听下回分解"的固定套语等，还借鉴了话本小说所独有的回前诗和叙述者现身说法的主观化叙述方式。综上所述，《斩鬼传》对话本小说体例的借鉴以及流露出的浓厚的主观色彩影响甚至决定了小说的整体艺术风貌。

---

① ［清］刘璋：《斩鬼传》，北岳文艺出版社，1989 年版，第 128 页。
② ［清］刘璋：《斩鬼传》，北岳文艺出版社，1989 年版，第 165 页。

第四章　《斩鬼传》讽刺小说性质的确立

对于讽刺小说的产生，学界有着不同的看法，谭正璧提出讽刺小说源于戏曲中的插科打诨。① 齐裕焜、陈惠琴则认为："在源远流长的讽刺艺术传统的哺育下，在明清那具有讽刺意味的现实土壤中，讽刺小说便应运而生。"② 同时，齐、陈二位也看到了笑话对讽刺小说的积极影响："无论是滑稽幽默还是冷隽，笑话艺术都直接影响到后世讽刺小说的创作。"③ 然而，在笔者看来，明清讽刺小说的产生恰恰是笑话艺术全面参与和渗透小说叙事的直接结果。

本书开篇就已说明《斩鬼传》才是学界普遍认可的第一部严格意义上的讽刺小说。因此，综合起来看，以刘璋《斩鬼传》为例来探究古代笑话艺术对讽刺小说产生和发展的意义及影响应该更加合理、更有说服力。当然，《西游记》《金瓶梅》对《斩鬼传》的影响同样不容忽视，现分述如下。

第一节　《斩鬼传》中的三种笑话形态

古代笑话艺术对《斩鬼传》的最直接的影响就是以不同的形态或直接或间接地参与故事的叙述，具体来说有三种情况。

一、结构完整、独立存在的寄生笑话

这类笑话由小说人物在某种场合（主要是酒席宴会上）口头讲述而

① 谭正璧：《中国小说发达史》，光明书局，1935 年版，第 423 页。
② 齐裕焜、陈惠琴：《中国讽刺小说史》，辽宁人民出版社，1993 年版，第 57 页。
③ 齐裕焜、陈惠琴：《中国讽刺小说史》，辽宁人民出版社，1993 年版，第 28 页。

来，既是小说文本和故事叙述的有机组成部分，又可抽离出来单独存在。《斩鬼传》中有两个寄生笑话，即第五回丢谎鬼在妓院酒席上所讲的嫖娼笑话，其一是：

兄弟两个同做生意，那哥的就去买卖去了，拿了一千两银子到南边置货去。不料，遇着绝妙的一个姐儿，与他相遇。看看一千两银子嫖的干净，因此回不的故乡。那婊子念旧日之情，与他立起堂儿，说他是个毛神，凡有嫖客俱要供养他。那日他兄弟等他不来，又拿了一伯两银子来寻他。不想兄偏寻不着，却寻见个婊子，也就要嫖。婊子道："我家有个毛神，甚是灵验。凡是嫖客都要祭他。"这人依言来祭，却被他兄看见。连忙跳下地来道："兄弟，你拿多少银子到此嫖?"兄弟道："拿一伯两来。"哥的说："快回去，快回去！我拿一千两银子嫖成个毛神，你拿一伯两银子，只好做个毛球！"①

其二是：

一个人有年纪了。不想他年纪虽高，春情不灭，定要嫖个姐儿。怎奈他阳物皮软再不入炉。他就生了一计，将篱边的蔑片暗暗帮了进去。那姐儿嫌刺的慌，说道："只正身来罢，不喜欢这些帮手。"②

两则笑话虽然低俗，讽刺却极为辛辣尖刻。前者揭露的是嫖娼败家之害，是对前面所谓妓院乃"有钱许你来瞧，无钱的不许来瞧"之地的配合说明；后者则含蓄地嘲讽了帮闲篾片趋炎附势的丑态和无聊。当然，作者刘璋在设置这两则笑话时并非为戏谑而戏谑，而另有叙事意图。丢谎鬼本身就是坑蒙拐骗的帮闲形象，他在妓院讲述嫖娼的笑话，那么结合要碗鬼和讨吃鬼最后被骗光家产沦为乞丐的结局，就会明白第一则笑话有着预设伏线和暗示情节的作用；第二则笑话则以自损自嘲的方式取悦别人，充满了浓郁的反讽意味。这两则笑话之所以精彩，在于符合了笑话的一个基本原则，即"对景"（《红楼梦》第五十四回中薛姨

① ［清］刘璋：《斩鬼传》，北岳文艺出版社，1989 年版，第 87~88 页。
② ［清］刘璋：《斩鬼传》，北岳文艺出版社，1989 年版，第 88 页。

妈在评价贾母一则笑话时说道："笑话不在好歹，只要对景就发笑。"①）可见刘璋对笑话艺术的逗笑机制和对景原则十分熟悉且能灵活运用。

二、改头换面的素材类笑话

《斩鬼传》中存在着一些被改头换面重新加工成某一喜剧桥段的素材类笑话。面对数量庞大的古代笑话，刘璋进行了积极的取舍和巧妙的改造，以之作为刻画人物的有效手段。其实，《广笑府·风怀》中的笑话《天王地王》即为上文第一个寄生笑话之蓝本：

> 巨商游妓，不及一年，万贯荡尽，被逐无所归，因欲自缢。妓恐人命负累。约言再接他客，量分酒食给之。已而后客至，妓如前约。后客问曰："尔家每频送酒食进里面，与何人用？"妓曰："我家中有一神，道名为天王，每日如此祭他。"一日，客潜入房后窥之，见帐中坐一人如神，即下拜祈福。帐中巨商问后客曰："你带多少本钱来？"答曰："五千贯。"巨商笑着说："我原有一万贯，到此用尽，称天王；你只有五千贯，若用尽时，只做地王耳。"②

刘璋不仅将天王、地王改作毛神、毛球，而且将这则嫖娼败家笑话放在讨吃鬼和耍碗鬼在妓院嫖娼的场合下由丢谎鬼来讲述，从而强化了笑话的讽刺力度和现实意义，使得该情节具有了预示人物命运的伏笔作用。

在第四回中，急赖鬼介绍不通鬼却被主考官驳了，所以他写了一首所谓的感怀诗。为了进一步对比与笑话素材的关系，现将此诗及急赖鬼的解释摘录如下，其诗曰：

> 生衔钞短忍书房，非肉非丝主不良。
> 命薄满眸观鹬蚌，才高塞耳听池塘。
> 谈诗口渴梁思蜜，论赋心糟孔念姜。
> 何日时来逢伯乐，一声高叫众人慌。③

---

① ［清］曹雪芹著，无名氏续，程伟元、高鹗整理，中国艺术研究院红楼梦研究所校注：《红楼梦》，人民文学出版社，2011 年版，第 743 页。

② ［明］冯梦龙：《笑府（附〈广笑府〉）》，海峡文艺出版社，1992 年版，第 368 页。

③ ［清］刘璋：《斩鬼传》，北岳文艺出版社，1989 年版，第 66 页。

急赖鬼的解释如下：

急赖鬼道："他诗'生衙钞短忍书房'，待要做生意，又没本钱，待要当衙役，又无顶手，所以忍气吞声进了书房，故说'生衙钞短忍书房'。他第二句就为主考驳了，所说吟的诗当不的肉，作的赋当不的丝，又遇主考不良，不能爱才，所以说'非肉非丝主不良'。那开头一联，他见人家中了，他不能中，故奋然说我虽薄命，看何鹬蚌相争到几时？及至下第以来别无生涯，只得教书。那书生念起书来，就如那蛙鸣的一般。古诗有'青草池塘处处蛙鸣'之句，故又说个'命薄满眸观鹬蚌，才高塞耳听池塘'。至于第二联就说他教学的苦处。每到谈诗论赋的时节，讲的口渴心糟。当日梁武帝困在台城求蜜水止渴，所以说'梁思蜜'。那《论语》上说的'不撤姜食'，故又说'孔念姜'，你看他对的何其工也！及至后边那个结尾，益发妙绝古今了。当日马逢伯乐而嘶，其价倍增。他说'何日时来逢伯乐'，后日遇明眼主考，将他中了，如今人都欺他，那时他把众人都谎慌了，故说个'一声高叫众人慌'。你看他一首诗中那一个字是闲字，那一句话是闲话？且是蕴藉风雅，真正异才。只是德修而谤兴，道高而毁来。人反起他个混号，叫做'不通鬼'。你说这等才学，岂是不通的么？"①

如此令人捧腹的书写方式并非刘璋的发明，而是另有渊源，且看元碾然子《拊掌录》中的一则笑话：

哲宗朝宗子有好为诗而鄙俚可笑者，尝作即事诗云："日暖看三织，风高斗两厢。蛙翻白出阔，蚓死紫之长。泼听琵梧凤，馒抛接建章。归来屋里坐，打杀又何妨？"或问诗意，答曰："始见三蜘蛛织网于檐间，又见二雀斗于两厢廊。有死蛙翻腹部似出字，死蚓如之字。方吃泼饭，闻邻家琵琶作凤栖梧，食馒头未毕，阍人报建安章秀才上谒。迎客既归，见内门上画钟馗击小鬼，故云'打死又何妨'。"哲宗尝灼艾，诸内侍欲娱上，或举其诗，上笑不已，竟不

① ［清］刘璋：《斩鬼传》，北岳文艺出版社，1989年版，第67页。

灼艾而罢。[①]

此宗子为诗粗鄙可笑，且其诗提及了钟馗打鬼之事，因此可以推知，刘璋在刻画不通鬼形象时当借鉴和参考了该笑话。

龌龊鬼和仔细鬼实际就是吝啬鬼的别称。此二鬼的形象塑造应该是受到了历代吝啬鬼形象的启发，如汉代侯白的《启颜录》中随步减钱、闭目施舍的吝啬老人；元代杂剧《看财奴》中揩人家烤鸭油就饭，临死告诫儿子把自己的尸体装在马槽中的贾仁；明徐复祚《一文钱》中捡到一文钱而买一把芝麻躲到山上偷吃的吝啬鬼；还有明代浮白主人《笑林》中不准许日子请客的可笑小气的主人，江盈科《雪涛谐史》中拜师学艺的吝啬鬼和技高一筹的吝啬大师；等等。在具体塑造龌龊鬼和仔细鬼形象时，刘璋对历代吝啬鬼事迹进行了选择性的取舍和创造性的艺术再加工，最终选择了晋代王戎的事例和明代笑话中的一则材料。王戎是晋代"竹林七贤"之一，但其十分悭吝贪鄙。《世说新语》中记录他的逸闻趣事很多，其中有一条云："司徒王戎，既贵且富……契疏鞅掌，每与夫人烛下散筹算计。"王隐在《晋书》中也提到："戎好治生，园田周遍天下。翁妪人，常以象牙筹昼夜算计家资。"[②] 这一材料应该是第四回"因龌龊同心访奇士 为仔细彼此结冤家"中描写仔细鬼"其时正在家中看着财帛"一句的来源。其中，仔细鬼临终前的表现极为典型：

> 再说仔细鬼知道必死，吩咐儿子道："你父苦扒苦挣，挣的这些家产，亦勾你过了，只是我死之后，即时变卖，不要放坏了。天气炎热，放坏了怕人家不肯出钱。"说到伤心之处，流下两行眼泪，大叫一声，呜呼哀哉了。呜呼了半日，只见悠悠的又转活来。儿子道："爹爹还有甚吩咐？"仔细鬼道："再无甚话，只是教休人家使了大秤。"说毕，方才死了。[③]

该情节取材于明乐天大笑生《解愠编·贪吝》中的一则笑话，该笑

① ［元］碾然子：《拊掌录》，见［明］陆楫：《古今说海》，上海文艺出版社（影印），1989年版，第7页。

② ［南朝宋］刘义庆：《世说新语》，见《汉魏六朝笔记小说大观》，上海古籍出版社，1999年版，第984页。

③ ［清］刘璋：《斩鬼传》，北岳文艺出版社，1989年版，第70～71页。

话又被冯梦龙辑入《广笑府》中，现摘录如下：

> 一乡人，极吝致富，病剧牵延不绝气，哀告妻子曰："我一生苦心贪吝，断绝六亲，今得富足，死后可剥皮卖与皮匠，割肉卖与屠，刮骨卖与漆店。"必欲妻子听从，然后绝气。既死半日，复苏，嘱妻子曰："当今世情浅薄，切不可赊与他。"①

第六回作者介绍遭瘟鬼："更可笑者即出恭之际，犹必正其衣冠；冒雨之时，未尝乱其足步。"② 后一句很可能取材于明耿定向《权子·志学》中的一则笑话：

> 曾有人士歆道学之声而慕学之者，日行道上，宾宾张拱，跬步不逾绳矩……其一人足恭缓步如之，偶骤雨至，疾趋里许，忽自悔曰："吾失足容矣，过不惮改可也。"乃冒雨还始趋处，纡徐更步过焉。③

第八回穷胎鬼有一篇嬉笑怒骂满腹牢骚的《祭钱神文》，从内容和笔调看，该文深受扬雄《逐穷赋》、韩愈《送穷文》和鲁褒《钱神论》的启发和影响。"须臾祭毕，倦体而睡。见一黄衣人揖予而言说：子今改弦易辙，吾将引类而呼朋友矣。但子仁义尚存，廉耻未去，无入门之法，奈何？"该段文字应该由南宋岳珂《桯史》中陈亮所讲的笑话"致富五贼"提炼而来：

> 昔有一士，邻于富家，贫而屡空，每羡其邻之乐。旦日，衣冠谒而请焉。富翁告之曰："致富不易也。子归斋三日，而后予告子以其故。"如言复谒，乃命待于屏间，设高几，纳师资之贽，揖而进之，曰："大凡致富之道，当先去其五贼。五贼不除，富不可致。"请问其目，曰："即世之所谓仁、义、礼、智、信是也。"士卢胡而退。④

---

① ［明］乐天大笑生：《解愠编》，见《续修四库全书》，上海古籍出版社，2002年版，第1272册，第372页。

② ［清］刘璋：《斩鬼传》，北岳文艺出版社，1989年版，第108页。

③ 王利器：《历代笑话集》，上海古籍出版社，1956年版，第143页。

④ ［宋］岳珂：《桯史》，见《宋元笔记小说大观》（第四册），上海古籍出版社，2017年版，第4343页。

愣怔大王是钟馗斩的最后一个鬼，在第十回中他命乜些鬼去打探钟馗情况，喊了两遍乜些鬼都没听到，却另有一个小妖上前请命："大王叫谁过来?"愣怔大王道："我叫你过来打听钟馗。"小鬼得令去了。这时乜些鬼方才过来，愣怔大王惊讶于还有第二个乜些鬼，定省了一会说道："错了。"乜些鬼问："甚么错了?"愣怔大王道："使他打听钟馗，错使你了。"乜些鬼说："我在这里，怎么错使了我?"此时愣怔大王终于明白过来，说道："使你打听钟馗，错说了他了。"①

该情节极具趣味性地表现了愣怔大王愚蠢迟钝的秉性，字里行间充溢着诙谐和幽默。作者在行文时很可能借鉴了唐牛肃《纪闻》中关于张藏用健忘痴呆的笑话因素：

> 唐青州临朐丞张藏用，性既鲁钝，又弱于神。尝召一木匠，十召不至。藏用大怒，使擒之。匠既到，适会邻县令使人送书遗藏用。藏用方怒解，木匠又走。读书毕，便令剥送书者。笞之至十，送书人谢杖。请曰："某为明府送书，纵书人之意忤明府，使者何罪?"藏用乃知其误，谢曰："适怒匠人，不意误笞君耳。"命里正取饮一器，以饮送书人，而别更视事。忽见里正，指酒问曰："此中何物?"里正曰："酒。"藏用曰："何妨饮之。"里正拜而饮之。藏用遂入户，送书者竟不得酒，扶杖而归。②

该文又被明冯梦龙收入笑话集《古今笑·专愚部》，内容略有改动。至于刘璋是从何处得到该材料的就不得而知了。当然，这些笑话式素材不像上述流传较广的寄生笑话那样可以独立存在，而是故事叙述的有机组成部分。

三、作为模板和参照的背景式笑话

最后一类是为人鬼形象的构思和设置提供模板和参照的背景式笑话。前文已述，《斩鬼传》讽刺的是人之恶德败行和秉性弱点："人而至于不善，非人也而实鬼矣。"(《斩鬼传序》)作者将如许"奇形鬼状，种

---

① ［清］刘璋：《斩鬼传》，北岳文艺出版社，1989年版，第174页。

② 李时人编校，何满子审定：《全唐五代小说》(第一册)，陕西人民出版社，1998年版，第237页。

种有别”的不良之辈加以典型化和类型化，表现为四十个鬼物，如捣大鬼、冒失鬼、仔细鬼、讨吃鬼等。其实这些讽刺对象在古代笑话中早已存在，而且笑话更多的是关注人类某些具有共性的不良癖性，出现了许多“箭垛式”喜剧形象，形成了一些固定的笑话类型，如惧内笑话、腐儒笑话、庸医笑话、自大笑话、吝啬鬼笑话等。可以推断，刘璋在分门别类地设置和刻画人鬼形象时极有可能以同类笑话为参照和依据。

捣大鬼是现实生活中妄自尊大、不自量力之徒，他自吹道：“做了南赡部州上管天下管地尊无二上撑天立地大将军。所以三官大帝见了俺，尚称晚生；十殿阎君遇着俺，皆道卑职。”（第二回）此类自大形象在笑话中并不少见，如冯梦龙《笑府》卷八《刺俗部》中“说大话”四则笑话。

性急如雷的急急鬼，慢条斯理、无精打采的温尸鬼和不顾尊卑、莽撞粗疏的冒失鬼（第三回）在笑话中也经常能见到他们的身影，如《笑府》卷六《殊禀部》中就有“易怒”“性急”“性缓”笑话。

仔细鬼和龌龊鬼（第四回）是视财如命的吝啬鬼，遭瘟鬼则是冥顽不化的腐儒，而吝啬鬼笑话和腐儒笑话之普遍更是毋庸赘言。

不通鬼和诌鬼（第四回）是德才卑劣却自视甚高、不自量力者，《笑府》卷二《腐流部》中则有“读别字”“读破句”“作祭文”等笑话与之对应。

讨吃鬼、耍碗鬼和叫街鬼（第五回）分别是龌龊鬼、仔细鬼和急赖鬼的儿子，他们一味追求奢靡享乐，挥霍无度，最后落得沿街乞讨的下场，与之相对应的则有《解愠编》卷九《偏驳》中“败子三变”等笑话。

绵缠鬼、酽脸鬼（第三回）和急赖鬼（第四回）是恬不知耻的无赖典型，伶俐鬼（第三回）则是精明圆滑、自私自利的代表，诓骗鬼、丢谎鬼和倒塌鬼及低达鬼（第六回）同为趋炎附势、自轻自贱的帮闲形象，在古代笑话中这几类形象也很常见。

色中饿鬼（第九回）在明清笑话中更为多见，可进一步佐证《斩鬼传》对色中饿鬼的刻画与同类笑话大有关联。

好占便宜的抠掐鬼、无耻偷盗的偷尸鬼、举止轻狂的风流鬼、时运不济的穷胎鬼、装腔作势的黑眼鬼、嗜酒如命的醉死鬼、诡计多端的奸鬼等，均可在古代笑话中找到同类形象。

刘璋在设置和构思人鬼形象时必然从大量笑话中受到了启发，从某些形象的具体描述中可以肯定这种判断和推论。其一，据通风老人介绍，捣大鬼“本是孟子所说济（乾本作‘齐’）人后代，也有一妻一妾”（第二回）。而孟子“齐人有一妻一妾”之典乃先秦著名的寓言。其二，酽脸鬼向钟馗吹嘘自觉厚脸皮时说道：“若说起俺这脸来，恰也有原有委，当日家师教俺一个唾面自干的法儿，俺得了此法，不过只要脸厚罢了。”（第三回）他口中的“家师”自然是指唐代娄师德。娄师德笑受唾面的典故被后人视为笑话，冯梦龙将其收入《古今笑史·越情部第十》，即“不校侮嫚”。另外，心病鬼的表现完全就是寓言“杞人忧天”的翻版。

古代笑话（含寓言）的广泛流传为刘璋塑造人物提供了进一步精细分类的参考和依据。在此过程中，他不仅以笑话为素材进行情节设置，而且对笑话加以重新改编，甚至创作新的笑话。这样一来，笑话就以不同的形态积极参与了《斩鬼传》的文本构建和故事叙述。

明清时期是中国笑话编撰和创作的高峰，出现了大量优秀、著名的笑话集，如《笑赞》《笑府》《广笑府》《古今谭概》《笑倒》《笑得好》等。如上所述，刘璋本就是一位滑稽好奇之士，而且谙于世事，正直坦荡，如在任深泽县令期间，“谙于世事，民情吏治间留心久，知政先抚字”[①]。这样的处世风格与秉性必然会导致他对通俗文艺如钟馗打鬼一类的民间传说，以及以讽刺性和喜剧性为主要艺术追求的古代笑话产生浓厚的兴趣。

第二节 笑话艺术的全面渗透与《斩鬼传》讽刺小说性质的确立

上文对三种笑话形态的梳理说明了笑话与《斩鬼传》的创作之间的

① ［清］王植：《崇雅堂稿·深泽尹二刘合传》，见《四库全书存目丛书》，齐鲁书社，1997 年版影印，集部第 272 册。

密切关系。正如王学太先生所云："古代笑话是中国古代人幽默的重要载体。"[①] 所以我们有理由相信，刘璋在大量阅读和活用笑话的同时，必然会潜移默化地受到笑话艺术的熏陶和滋养，具体表现在对笑话之讽刺技法和喜剧笔调全面、自觉的仿效和借鉴上。

一、《斩鬼传》对笑话艺术的全面承袭

齐裕焜、陈惠琴在《中国讽刺小说史》中总结出讽刺小说的四种喜剧美学形态：讽刺与机智、讽刺与滑稽、讽刺与幽默、讽刺与荒诞[②]，以及六种典型的讽刺技巧：怪诞法、比喻法、自我暴露法、夸张法、揶揄法和对比法。[③] 概而言之，讽刺小说的基本艺术特质有两点：讽喻性与喜剧性。下面笔者以上述观点为依据对笑话艺术如何全面渗透和参与《斩鬼传》的故事叙述这一问题进行具体阐述。

刘璋大量借鉴和袭用了笑话的讽刺技法刻画人鬼形象，取得了或机智，或滑稽，或幽默，或荒诞的喜剧效果。比如，古代吹牛笑话所惯用的漫画式的夸张手法在《斩鬼传》中同样被熟练且巧妙地运用，捣大鬼的自吹自擂已见上文，而作者对低达鬼的韵语介绍也极尽夸张之能事，语带鄙夷地刻画出一个帮闲篾片的典型形象。

而且，吹牛笑话中的夸张修辞又常与自我暴露法相结合。《斩鬼传》对仔细鬼和龌龊鬼悭吝成痴的夸张描写就是在二鬼的自我暴露基础上完成的。龌龊鬼抱怨急赖鬼借了三斗二升一勺粮食，"只还了三斗二升，竟欠我一勺未还"；仔细鬼则因急赖鬼借了二钱三分四厘五毫银子，竟为"短了我五毫未还"（第四回）而耿耿于怀。另外，此处刘璋还巧妙地加上了反讽之法，仔细鬼发完牢骚后劝慰龌龊鬼不要跟急赖鬼一般见识，他说："我们如今且做个大量君子，宽放在一边。"（第四回）"大量君子"的自诩与一分一厘的计较之间的巨大反差，产生了辛辣浓郁的嘲讽效果和意味。仔细鬼对急赖鬼"必定还有些急智"的评价、急赖鬼对不通鬼"文才最好"的赞许，都是绝佳的反讽之例。古代笑话中的反讽技法则更为常见，如魏邯郸淳《笑林》中自诩见多识广的老人却教人截

① 王学太：《古代的笑话与中国人的幽默》，载于《淄博师专学报》，1996年第4期。

② 齐裕焜、陈惠琴：《中国讽刺小说史》，辽宁人民出版社，1993年版，第7～11页。

③ 齐裕焜、陈惠琴：《中国讽刺小说史》，辽宁人民出版社，1993年版，第55～56页。

断竹竿入城；石成金《笑得好》初集中“极明白的人”却认为腌蛋乃腌鸭子所生；清游戏主人《笑林广记·驱蚊》中自夸道术高明善画驱蚊符的道士却教人在将蚊子赶出蚊帐后再贴符，等等。

夸张到了变形的程度就是怪诞。第二回中弥勒佛现身，一口将捣大鬼等三鬼吞进肚里，化作大便排出，荒诞不经的描写表达了作者对这类无耻之徒的不屑，正如回末总评所说的：“凡世间一切腌臜物，只是以大肚容之而已，原不必与他较量。”[①] 又如第六回写抠掐鬼，其容貌是“颊似猴腮，鼻如鹰嘴”，且“有一般绝技，十个指头就如钢钩相似”，“将诓骗鬼先抠其皮，后掐其肉。须臾，抠掐见骨，呜呼哀哉”，又把众人“抠的个个皮开，人人流血”（第六回）。正如乾本眉批所云：“俗云：鼻如鹰嘴，抠人心髓。此之谓也。”[②] 在此，刘璋把世间精明刁钻、谋人财产之卑鄙小人加以夸张和变形，在看似荒诞古怪的描写中起到了令人毛骨悚然的审美效果。[③] 我们也能在笑话中见到此类荒诞形象，比如明冯梦龙《广笑府》卷九《偏驳》“且只说嘴”笑话中陕西人所吹夸的“开口时上唇抵栋而下唇搭地”的怪诞巨人形象。

比喻法也常为古代笑话和《斩鬼传》所用。大量的寓言式笑话均可视为对人类某种习性的比喻表达，如明乐天大笑生《解愠编》卷九《偏驳》中“蝙蝠推奸”就将现实中偷奸耍滑的两面派比作蝙蝠，《戒争闲气》《酒茶争高》《眉争高下》（《解愠编》卷八《尚气》）等亦是比类笑话。

与古代笑话略有不同的是，《斩鬼传》在以比喻法刻画人鬼形象时多与反讽相结合，具有浓郁的幽默意味和强烈的讽刺效果。如形容温尸鬼的温吞迟缓时说：“心和气平，好似养成君子；操手并足，真如得道天尊。”（第三回）介绍愣怔大王时同样以比喻法予以尖锐的反讽：“且说着愣怔大王生来性情蒙懂，举止从容，虽然尊严若神，却木雕泥塑。”（第十回）

还有对比法和揶揄法。明乐天大笑生《解愠编》卷九《偏驳》中

---

① ［清］刘璋：《斩鬼传》，北岳文艺出版社，1989 年版，第 32 页。

② ［清］刘璋：《斩鬼传》，北岳文艺出版社，1989 年版，第 224 页。

③ 参刘燕萍《怪诞与讽刺——明清通俗小说诠释》（学林出版社，2003 年版）第三章“阳间群鬼”相关内容。

“缓急偏性”笑话即以对比法活灵活现地刻画和调侃了迂缓、急躁这两种不同的性情。《斩鬼传》同样多次运用此法，比如刻画温尸鬼和冒失鬼（第三回）、风流鬼和遭瘟鬼（第六回）、黑眼鬼和白眉神（第八回）的形象时，作者将两种截然不同的性格夸张到极致，产生了强烈的刺激和警诫效果。

揶揄法在笑话和《斩鬼传》中同样常见。《广笑府》卷十二《形体》中的诸多笑话就是对各种异常的身体特征进行调侃揶揄，如“近视”条云：“更有一般堪笑处，吹灯烧着嘴唇皮。”① 《斩鬼传》第七回风流鬼则以胡须为题对钟馗进行了揶揄。

通过上述三种笑话形态的梳理，我们基本可以肯定刘璋在《斩鬼传》中所采用的诸多讽刺技法来自古代笑话。

二、《斩鬼传》中笑话式情节的建构

《斩鬼传》中有一些虽非取材于笑话却堪比笑话的喜剧性情节和片段，可称之为笑话式情节。在这些或滑稽可笑，或幽默隽永，或荒诞古怪的情节中，人鬼形象的诸多令人鄙弃的性格弱点暴露无遗。更令人惊讶的是，全书除第一回以外，其他九回中几乎都出现了笑话式情节。如第二回弥勒佛吞三鬼事，第三回以良心发现之法战胜醉脸鬼事，第四回龌龊鬼带狗以防半路出恭事、龌龊鬼以手沾芝麻占仔细鬼便宜事，第五回二鬼妓院讲嫖妓笑话事，第六回急殨鬼的三限文书事，第七回五鬼闹钟馗事，第八回钟馗败给黑眼鬼和白眉神制服黑眼鬼事，第九回醉死鬼纠缠钟馗事，第十回愣怔大王命乜些鬼打听钟馗事。我们且以龌龊鬼占仔细鬼便宜事为例。此一节写龌龊鬼得知钟馗前来，急与仔细鬼商量对策，至半夜二人尚未吃饭，仔细鬼端出了昨天剩下的两个半烧饼和一碗死鸡炖白菜：

> 仔细鬼陪他吃了一个，这龌龊鬼整吃了一个半烧饼在肚。只是桌上恰有许多芝麻落下，龌龊鬼待要吃，又恐怕仔细鬼笑话。眉头一纵，计上心来。一面画，一面说道：“我想钟馗这厮，他定要从悭吝山过，过了悭吝山，就是抽筋河，过了抽筋河，就是芝麻岭

① ［明］冯梦龙：《笑府（附〈广笑府〉）》，海峡文艺出版社，1992年版，第434页。

了。”桌上画一道，沾得几颗芝麻到手，因推润指，就将芝麻吃了。吃了又画，画了又吃，须臾吃的干净。只见桌缝中还有几颗芝麻不能出来，龌龊鬼又定一计，猛向桌上一拍，大恨道：“我们并不理他，他怎么定要来惹我？拿定这钟馗，定要剉尸万段！”那芝麻果然溅出来，他又照前吃了。[①]

作者采用漫画式的夸张手法将龌龊鬼吝啬抠门、贪小便宜的猥琐性格描绘得活灵活现，充满幽默趣味，令人忍俊不禁。正因为如此，该情节才会被吴趼人的谴责小说《二十年目睹之怪现状》借鉴和化用。

不仅如此，《斩鬼传》中有的讽刺情节被后人视为笑话而单独流传。清末程世爵《笑林广记》中的笑话《捉鬼》乃杂糅《斩鬼传》第七回五鬼闹钟馗和第二回弥勒佛吞三鬼而成；《醉鬼》笑话则取自第九回醉死鬼纠缠钟馗。而第四回龌龊鬼路上出恭一事则被清末小石道人改编后收入其笑话集《嘻谈录》。这就足以证明刘璋正是以创作笑话的态度和技法创作《斩鬼传》的。

三、《斩鬼传》中笑话式的语言艺术

《斩鬼传》语言刁钻古怪而不失诙谐俏皮，往往充满机智和幽默，讽刺意味十足。具体看来可分为三个方面：

其一，通过人物和地点等的命名以表达赤裸裸的讥讽和揶揄。有采用谐音者，如通风老人字仙根（第一回），有钱桥（第五回），不习人（第八回）；更多的则是正面直斥，如唾沫河、不诚石、无耻山、寡廉洞（第三回），悭吝山、抽筋河、芝麻岭、大画戟、可怜剑（第四回），迷魂镇、烟花寨、陷人坑（第五回），捕风、捉影（第六回），死大汉（第八回），草包营（第十回）。从这些意味直白的命名中可以明显感受到作者的鄙夷愤懑之情。

其二，以戏谑调侃的态度对古典高雅诗词进行解构。最具代表性的就是第八回介绍悟空庵的一首五律，笔者在上文已有分析，兹不赘述。第三回描写无耻山“洞不在广，有鬼不廉。水不在深，有脸则靦”一句则显然化用了刘禹锡《陋室铭》中的句子“山不在高，有仙则名。水不

① ［清］刘璋：《斩鬼传》，北岳文艺出版社，1989年版，第63页。

在深，有龙则灵”。

其三，刘璋在遣词造句上也极尽巧妙之能事，频繁且熟练地使用反讽。如第三回咸渊设计斩掉缠绵鬼后，富曲开心大笑，就是因为捣大鬼被通风老人掀出根由，缠绵鬼又被其女儿用白绫带捉住阳物；通风老人对此一本正经地回答道：“你不知老汉一家老实，不会找稍做事。但凡做事，要从根子上做来。”其中“根子”既有底细、阳根之意，且兼指事情根本。此回末写小妖催促战败后的酽脸鬼说：“……大王或行或止，快些定夺！”而他却说：“罢了，罢了！脸已丢了，还论甚么行止！”其中“脸”既指酽脸鬼的厚脸利器，又指一般意义上的脸面尊严；“行止”则既是说或逃跑或停留，又有品行之意。再如民谚“贼打火烧”，原指生活中遭遇的两种意外，该词在小说中出现两次，第四回酽脸鬼手下小妖投靠龌龊鬼时介绍“贼打火烧”之法可治疗挟脑风之症：“我家主人当年也曾患过此症，后来请了一个师巫。敲起神鼓，须臾请下柳盗跖来，将我家大王头上打了二十四棍，又被师巫灸了二十四个艾壮，登时就好了。”[①] 如此解释本身就充满谐谑的意味，这是作者在表达对酽脸鬼、龌龊鬼等无耻小人的厌恶和讽刺，正如乾本眉批所云：“非此法亦不能医得龌龊，可谓药病相投。”[②] 况且还是由小妖绘声绘色地加以讲述，则反讽和喜剧效果就愈加强烈。又比如第六回中丢谎鬼将“齿积”解释为通过伶牙俐齿要嘴皮谋骗他人财产，这就与一般人所理解的勤俭节约、不舍吃喝之意大相径庭。这种反差自然产生出令人忍俊不禁的喜剧效果。由此也可以看出，机智幽默、冷峻隽永的语言风格是《斩鬼传》的整体艺术风格。

总之，刘璋在创作《斩鬼传》时不仅积极参照、化用甚至移植笑话，以之作为构建小说文本和叙述故事的有效手段；而且由于长时间浸淫于笑话艺术，其已经将笑话的艺术精神内化为一种滑稽活泼的人生态度和轻松愉悦的审美追求，在人物刻画、情节设置和语言运用方面灵活巧妙地借鉴和仿拟了笑话的讽刺技法、喜剧格调。换句话说，刘璋对笑话艺术从外在形式到内在旨趣都做了全方位、多层次的承袭，而且这种

---

① ［清］刘璋：《斩鬼传》，北岳文艺出版社，1989年版，第61页。

② ［清］刘璋：《斩鬼传》，北岳文艺出版社，1989年版，附录，第212页。

创作意识贯穿了小说创作的始终，从而决定了《斩鬼传》讽刺小说之性质的最终确立。

第三节 《斩鬼传》与《西游记》《金瓶梅》的文学渊源

除了笑话以外，明代“四大奇书”对《斩鬼传》创作的影响同样显而易见，王青平曾作过具体分析，他指出《斩鬼传》第五回讨吃鬼和耍碗鬼吃喝嫖赌一节在构思和文字表述方面直接源于《金瓶梅》。[①] 从讽刺小说性质确立的角度看，《斩鬼传》与《西游记》《金瓶梅》有着密切的关系。

一、《斩鬼传》对《西游记》喜剧情节的承袭

《西游记》最大的创作特点就是寓庄于谐、奇正相合，在看似滑稽诙谐的故事中蕴含着发人深省的人生问题，即“游戏之中，暗传秘谛”[②]（李卓吾批评本《西游记》第十九回总评）。孙悟空活泼好动、勇敢无畏而又过于自尊的性格，猪八戒憨厚愚呆却工于算计、好耍心眼的秉性，加上随处可见的喜剧情节，如悟空收八戒、八戒撞天婚等，以及俏皮灵动的口语、歇后语的巧妙运用，形成了《西游记》风趣幽默的艺术格调。另外，《西游记》对政治、世情的无情嘲弄和大胆揶揄也随处可见，鲁迅曾云：“讽刺揶揄则取当时世态，加以铺张描写，几乎改观。”[③]

正因如此，《斩鬼传》借鉴和模仿《西游记》的叙述艺术也就很自然了，除了将猪八戒作为比附对象进行讽刺描述之外，如“猪八戒上阵，倒打一耙”“又像猪八戒到了西方极乐的世界一般”，还有一处喜剧性情节更能证明刘璋对《西游记》早已烂熟于心并自觉仿效，即第三回

---

① 王青平：《〈斩鬼传〉的作者刘璋》，见［清］刘璋：《斩鬼传》，北岳文艺出版社，1989年版，附录，第354页。

② 朱一玄、刘毓忱：《西游记资料汇编》，南开大学出版社，2012年版，第251页。

③ 鲁迅：《中国小说史略》，江苏文艺出版社，2007年版，第123页。

描写钟馗剑砍醒脸鬼厚脸时的狼狈之态：

说毕，舞剑砍来，一剑正砍在他脸上。只见他豪无惊惧，并不损伤。钟馗道："此鬼好状脸也！"那醒脸："不敢，将就看得过。任你刀劈箭射，总不在心上。"……钟馗气的暴跳如雷，走上前去，照脸乱砍，竟如剁肉一般剁了个不亦乐乎。[①]

该段文字明显取自《西游记》第十四回唐僧和孙悟空路遇六贼打劫一节：

他轮枪舞剑，一拥前来，照行者劈头乱砍，乒乒乓乓，砍有七八十下。悟空停立中间，只当不知。那贼喊道："好和尚！真个的头硬。"行者笑道："将就看得过罢了！你们也打得手困了，却该老孙取出个针儿来耍耍。"[②]

看似自谦实则自夸自傲的言语中充满了诙谐和幽默，表现出孙悟空调皮活泼的个性特征。而在刘璋笔下，醒脸鬼的自吹自擂恰好反映出他的厚颜无耻，反观钟馗等人的气急败坏，读者自然不难体会其中的嘲弄意味和喜剧色彩。

总之，刘璋不仅相当熟悉《西游记》，而且积极借鉴其中某些颇具喜剧性和讽刺性的叙事因子，重新构建出别有趣味的故事情节。

二、《斩鬼传》对《金瓶梅》喜剧情节的借鉴和发挥

《金瓶梅》中的喜剧情节和讽刺内容较《西游记》更加丰富多样，所以其对《斩鬼传》的影响也更加直接。除王青平先生所述之外，笔者还发现《斩鬼传》中某些饱含讽刺意味的情节亦源自《金瓶梅》。

其一便是第五回低达鬼不顾廉耻劝酒事：

低达鬼道："我莫有本事，但求贤姐吩咐。"倾人城道："我要你学个驴喊。"那低达鬼真个喊了两声。倾人城道："不算，不算！要你趴在地下，高喊三声。"低达鬼果然如此喊了三声，把众人笑的只是打跌。倾人城吃了酒，就该劝倾人国。倾人国道："我亦不

① ［清］刘璋：《斩鬼传》，北岳文艺出版社，1989 年版，第 49～50 页。

② ［明］吴承恩：《西游记》（上），人民文学出版社，1984 年版，第 180 页。

要你驴喊。你只跪在地下，头顶酒盅，叫声：‘滴滴亲亲的娘，吃了儿子这杯酒罢’，我方肯吃。”低达鬼道：“死不了人，待我来。”真个头顶酒杯，跪在地下，叫道：“我那滴滴亲亲的娘，吃了儿子这杯酒罢。”那倾人国方才吃了。①

该段文字当化自《金瓶梅》第六十八回应伯爵在妓院酒席上不顾廉耻下跪劝酒取悦郑爱月的描写：

爱月儿道：“你跪着月姨儿，教我打个嘴巴儿，我才吃。”……那爱月儿道：“花子，你不跪，我一百年也不吃。”黄四道：“二爷，你不跪，显的不是趣人。也罢，跪着不打罢。”爱月儿道：“不，他只教我打两个嘴巴儿，我方吃这钟酒儿。”……于是奈何不过，真个直撅儿跪在地下。那爱月儿轻揎彩袖，款露春纤，骂道：“贼花子，再敢无礼伤犯月姨儿？‘再不敢。’高声儿答应！你不答应，我也不吃。”那伯爵无法可处，只得应声道：“再不敢伤犯月姨了。”这爱月儿一连打了两个嘴巴，方才吃那杯酒。②

另如第六回急殨鬼混赖丢谎鬼钱财的三限文书：“头一限，王母娘娘转了汉，若是转不了，再等第二限。第二限，河里的鱼儿变成雁，若是变不了，再等第三限。第三限，天上的明星看不见，若是看见了，终年不见面。”③ 此鬼以现实中不可能存在的三种情况作为还债的前提，尽显卑鄙无赖之本性。该文书虽然很容易令我们联想到汉乐府《上邪》与唐无名氏《菩萨蛮·枕前发尽千般愿》中的爱情宣言所采用的表述方式，但其最直接的来源则是《金瓶梅》第四十二回祝日念为王三官修改的借钱文书，其中有这么几句：“约至三限交还。那三限？头一限，风吹辘轴打孤雁；第二限，水底鱼儿跳上岸；第三限，水里石头泡得烂。这三限交还他。”④ 二者的前后源流关系不言自明。

再如《金瓶梅》第五十六回“应伯爵举荐水秀才”之事对《斩鬼传》第四回急赖鬼推荐和介绍不通鬼以及穷胎鬼作《祭钱神文》具有直

① ［清］刘璋：《斩鬼传》，北岳文艺出版社，1989 年版，第 88～89 页。
② ［明］兰陵笑笑生著，陶慕宁校注：《金瓶梅词话》，人民文学出版社，2011 年版，第 876 页。
③ ［清］刘璋：《斩鬼传》，北岳文艺出版社，1989 年版，第 110～111 页。
④ ［明］兰陵笑笑生著，陶慕宁校注：《金瓶梅词话》，人民文学出版社，2011 年版，第 499 页。

接的启发意义。急赖鬼通过向龌龊鬼和仔细鬼解释不通鬼的“风花雪月”四绝句和一首七律感怀诗以夸耀其才学，作者明褒暗贬极尽嘲弄之能事。而兰陵笑笑生笔下的应伯爵在向西门庆推荐水秀才时也念了一封水秀才用《黄莺儿》曲写给自己的书信，同时也作了详细的解释。其《黄莺儿》曲词为：“书寄应哥前，别来思不待言。满门儿托赖都康健。舍字在边傍立着官，有时一定求方便。羡如椽，往来言疏，落笔起云烟。”且看应伯爵如何注解：

“况且那只曲儿，也到做的有趣。哥却看不出来：第一句说‘书寄应哥前’是启口，就如人家写某人见字一般，却不好哩？第二句说‘别来思不待言’，这是叙寒温了，简而文，又不好哩？第三句是‘满门儿托赖都康健’，这是说他家没事故了。后来一发好的紧了。”西门庆道：“第五句是甚么说话？”伯爵道：“哥不知道，这正是拆白道字，尤人所难。‘舍’字在边，旁立着‘官’字，不是个‘馆’字？若有馆时，千万要举荐，因此说‘有时定要求方便’。‘羡如椽’，他说自家一笔如椽，做人家往来的书疏，笔儿落下去，其烟满纸，因此说‘落笔起云烟’。哥，你看他词里，有一个字儿是闲话么？只这几句，稳稳把心窝里事都写在纸上，可不好哩！”①

由此看来，急赖鬼对不通鬼感怀诗的一番解释显然是对这段文字的再发挥。急赖鬼在解释完七律后也评价道：“你看他一首诗中那一个字是闲字，那一句话是闲话？且是蕴藉风雅，真正异才。”② 当然，若结合不通鬼的感怀诗和急赖鬼的解读与元代碾然子《拊掌录》中一则笑话的关系来看，可以断定：刘璋在构思急赖鬼举荐不通鬼的情节时必定受到了《金瓶梅》中应伯爵举荐水秀才一事的启发；而对不通鬼感怀诗的解释则当是远承笑话精髓、近接应氏注解的结果。

此回中应伯爵还向西门庆介绍了水秀才抒写科场失意的一诗一文，姑且可称为《别头巾诗》和《别头巾文》。《斩鬼传》第八回也写了咸渊向钟馗汇报救治穷胎鬼时顺带转述了穷胎鬼所作的《祭钱神文》一事。

---

① ［明］兰陵笑笑生著，陶慕宁校注：《金瓶梅词话》，人民文学出版社，2011年版，第689页。
② ［清］刘璋：《斩鬼传》，北岳文艺出版社，1989年版，第67页。

《祭钱神文》与水秀才所作诗文从抒发不平之气到寓言式的表述思路乃至遣词用语都极为相似。上文虽然提及《祭钱神文》与著名的《逐穷赋》《钱神论》等文章在情感基调和反讽艺术上有着内在的紧密联系，但是作为一种情节安排，刘璋在交代穷胎鬼时的叙事视角和手法却直接取自《金瓶梅》，二者均是由第三者向主人公交代当事人的境遇，同属侧面描写。

可以看出，《斩鬼传》中的某些喜剧情节在借鉴和模仿《金瓶梅》时达到了须眉俱肖的程度和形神兼备的效果。

总之，《斩鬼传》之讽刺小说性质的确立在很大程度上得益于对《西游记》和《金瓶梅》讽刺艺术的自觉继承与创造性发挥。当然，《斩鬼传》之所以能够从《西游记》和《金瓶梅》中得到艺术滋养和启发，除了作者刘璋具有“纯粹以讽刺为目的”的主体意识以外，还与《斩鬼传》题材内容的特殊性有关。《斩鬼传》以钟馗打鬼为题材，自然属于神魔小说，而所打之鬼则又是现实生活中种种不堪和丑陋行径的形象化，因此形成了以神魔题材为外衣、以世情内容为内核的寓言式叙述特征。《斩鬼传》整合了《西游记》和《金瓶梅》所代表的两种类型的小说，所以它既可以汲取神魔小说中夸张怪诞的修辞艺术，又可以借鉴世情小说重视细节刻画的生活化叙述笔调。

第五章 《斩鬼传》的小说史地位

作为第一部严格意义上的讽刺小说，《斩鬼传》在小说史上的价值和影响自然不应被忽视。通过对《斩鬼传》成书过程的梳理，我们能更加清楚地认识到讽刺小说的本质内涵，更好地把握讽刺小说不同的创作取向和风格类型的内在成因。而且，《斩鬼传》独特的题材内容和叙述方式以及艺术风格也对后世小说产生了积极的影响。

第一节 《斩鬼传》的小说史价值

首先，对《斩鬼传》成书过程的梳理有助于我们准确把握和认识讽刺小说产生的内在动因。古代笑话从文体到艺术旨趣全面参与和渗透了《斩鬼传》的文本建构和故事叙述，在情节设置、人物刻画和语言运用上均明显影响了《斩鬼传》的喜剧精髓和讥刺力量，从而保证了其讽刺小说性质的确立。

同时，《斩鬼传》的成书和其讽刺小说性质的确立也明显有《西游记》和《金瓶梅》的艺术功劳。换句话说，从《西游记》《金瓶梅》中讽刺艺术的不时流露到《斩鬼传》讽刺小说性质的确立，笑话艺术参与和渗透小说文本构建和故事叙述在范围、程度等方面有了由少到多、由局部到整体的质变。《金瓶梅》中的十多则寄生笑话本身就说明了这个问题。[①]《西游记》中虽然没有出现由小说人物讲述的独立的寄生笑话，但是“笑话”一词却频繁出现，而且有一处描述可以证明作者吴承恩对

① 参看刘洪强：《试议〈金瓶梅〉中的以俗为美》，载于《毕节师范高等专科学校学报》，2005年第1期；董定一：《崇祯本〈金瓶梅〉笑话的艺术特质和文学意蕴初探》，载于《阴山学刊》，2012年第1期。

笑话艺术的熟悉和认识程度之深。第四十七回写师徒一行受阻于通天河，借宿时悟空三人的丑陋相貌将一众念经僧人吓得四散逃奔，作者用韵语形式对此作了戏谑式的描述，最后一句是："清清好道场，翻成大笑话。"① 此处"笑话"与"道场"相对，其实蕴含了作者对人生和生命严肃而深刻的思考和体认，他在告诫读者人活一世不过是一场笑话，不必执着于外在的种种形式。类似的观念和态度在通俗文学大家冯梦龙的作品中也可以看到，其《笑府序》云："古今世界一大笑府，我与若皆在其中供话柄。"② 而在《警世通言》第二卷《庄子休鼓盆成大道》中，庄子同样借"笑话"表达了对生命的认识："你死我必埋，我死你必嫁。我若真个死，一场大笑话!"③ 在庄子看来，世俗凡人因参悟不透更超越不了生死，而只能以好生恶死的方式来对待人生。显然，吴承恩与冯梦龙关于人生如笑话的认识和体察非常相似。

简而言之，讽刺小说其实就是笑话艺术与神魔小说、世情小说相融合的产物。当小说家完全以创作笑话的态度和意识来创作小说时，讽刺小说就自然而然地产生了。

其次，从某种意义上讲，讽刺小说与笑话艺术在本质上是一致的，只是篇幅不同罢了，笑话就是微型的讽刺小说，讽刺小说则是加长版的笑话。我们还可以据此判断某一作品是否为严格意义上的讽刺小说。比如《镜花缘》虽然出现并化用了许多古代笑话，也设置了一些笑话式的精彩情节，如强盗怕老婆（第五十回"遇难成祥马能伏虎 逢凶化吉妇可降夫"），然而从笑话艺术与小说的关系角度看，《镜花缘》不能算作讽刺小说，因为李汝珍对笑话艺术的借用和承袭只是局部的，他创作《镜花缘》并不完全出于讽刺之意图。

从讽刺小说与笑话艺术的关系出发，有利于梳理和总结清代讽刺小说史，比如晚清吴趼人提出了"笑话小说"的概念并创作出被鲁迅先生称为谴责小说力作的《二十年目睹之怪现状》，这是笑话艺术的明朗化和理论化。

最后，可以从《斩鬼传》的成书过程来解释清代讽刺小说的发展趋

---

① ［明］吴承恩：《西游记》（中），人民文学出版社，1984年版，第608页。

② ［明］冯梦龙：《笑府（附〈广笑府〉）》，海峡文艺出版社，1992年版。

③ ［明］冯梦龙编，严敦易校注：《警世通言》（上），人民文学出版社，1981年版，第21页。

势和风格类型之内在成因。根据题材类型和叙述方式的不同，明清讽刺小说大体可分为寓言式讽刺小说与写实性讽刺小说，前者以《常言道》《何典》等为代表，后者以《儒林外史》和“四大谴责小说”为典型。[①] 从《斩鬼传》的成书过程来看，讽刺小说天生具有神魔小说或者世情小说的叙事基因，其之所以能够成为一种小说类型，完全取决于笑话艺术对小说叙事的全面渗透。因此，若作者选择神魔题材进行笑话式的艺术加工，那么会产生《斩鬼传》一类的寓言式讽刺小说；若选择世情题材则会产生《儒林外史》一类的写实性讽刺小说。

同时，根据鲁迅先生的论断，在中国古代讽刺小说中，艺术成就最高者只有“戚而能谐，婉而多讽”的《儒林外史》，其他则是“词意浅露，已同嫚骂”的《斩鬼传》和“辞气浮露，笔无藏锋”的谴责小说。显然，鲁迅先生的评判标准是讽刺艺术是内敛还是外露，是诙谐幽默还是滑稽夸张。中国古代笑话大体也分为辛辣犀利的嘲弄和轻松冷隽的揶揄两大风格，且前者所占比例要远大于后者。前一类主要以寓言式笑话为主，如冯梦龙《广笑府》《笑府》中的笑话；后者则多以历史上令人可笑可叹的真人真事为主，如冯梦龙所辑录的《古今笑》（初名《谭概》）。于是，当小说家选择以神怪写世情的寓言叙述模式创作讽刺小说时，由于寓言本身就可视为笑话一类，滑稽、夸张、变形、想象等诸多讽刺手法自然会被熟练地运用，从而形成了以《斩鬼传》为代表的寓言式讽刺小说的艺术风格。

而当讽刺小说家选择“极摹人情世态之歧，备写悲欢离合之致”（笑花主人《今古奇观序》）的世情题材时，往往采取细腻、通俗、不避琐屑的叙述笔法，进行细节刻画和人物心理描写，且大多以冷静的第三人称视角不动声色地揭露讽刺对象的丑陋和不堪。此时，作者的态度和意图便成为小说讽刺风格形成的关键因素。如《儒林外史》虽然“机锋所向，尤在士林”，但作者吴敬梓的真实意图则在于对八股取士制度进行深度反思和理性探索，他深受八股文的熏染而习惯以“代言”方式对人物心理进行共情式的把握，对当时社会上那一批为了功名利禄而“把

---

① 参看齐裕焜、陈惠琴《中国讽刺小说史》（辽宁人民出版社，1993年版）第二章至第五章的内容。

那文行出处都看得轻了”的士子们多了一分理解和包容，少了一些隔膜和挑剔[①]；更由于爱之深责之切，作者多以调侃、打趣的态度和口吻揭露士子的恶德败行，希望能够起到“见贤思齐焉，见不贤而内自省也”（《论语·里仁》）的镜像作用。正如闲斋老人所云：“篇中所载之人，不可枚举，而其人之性情心术，一一活现纸上，读之者无论是何人品，无不可取以自镜。”[②]

然而，或许现实生活中的某些丑陋现象令吴敬梓太过愤懑不平，汹涌的情感波涛时不时地冲击着甚至突破了理智的堤坝，在此情况下他已然做不到平心静气地调侃打趣，而只求淋漓尽致和入木三分的讽刺效果。那些辛辣犀利的笑话为作者所格外热衷，以至在某些情节描述和人物刻画中具有了与谴责小说同样的“辞气浮露，笔无藏锋”的讽刺力度。[③] 正因如此，鲁迅在《小说史大略》中将《儒林外史》与《老残游记》《二十年目睹之怪现状》等一起归为“清之谴责小说”一类。[④] 其实，鲁迅对于《儒林外史》性质认识的自我修正，源于该小说中存在的两种不同的讽刺风格，即绵里藏针式的含蓄蕴藉和一针见血式的泼辣犀利，且前者所占比例要大得多。如此一来，便发现晚清“谴责小说”的集中出现，以及吴趼人“笑话小说”概念的提出，可以从笑话艺术与讽刺小说关系的角度进行解释。

总之，从《斩鬼传》的成书过程来看，笑话艺术起到了关键作用。而《斩鬼传》对《西游记》《金瓶梅》中某些情节安排和讽刺手法的借鉴，提醒我们讽刺小说的不同类型其实是笑话艺术分别与神魔题材和世情题材结合而产生的。同时，鲁迅先生所谓的讽刺小说和谴责小说的分流，实质上也是小说题材类型对笑话的两种讽刺风格的自然选择。若进一步探究现当代文坛上诸如鲁迅、张天翼、钱锺书等讽刺小说大家的不同风格，是否会有新的启发和阐释呢？这也是笔者将《斩鬼传》放在讽刺小说视野下进行重新观照的初衷。

---

① 参看拙文《从八股思维角度看〈儒林外史〉讽刺风格形成的主观因素》，载于《华中师范大学研究生学报》，2011 年第 4 期。

② ［清］吴敬梓著，李汉秋辑校：《儒林外史汇校汇评》，上海古籍出版社，2012 年版，第 687 页。

③ 参看刘洪强：《〈儒林外史〉的本事考释》，载于《泰山学院学报》，2017 年第 4 期。

④ 参看鲁迅：《小说史大略》，陕西人民出版社，1981 年版，第 111 页。

第二节　《斩鬼传》的小说史意义

由于钟馗信仰在民间的广泛流传，《斩鬼传》不仅对后世小说尤其是讽刺小说的创作具有重要的启发意义，而且对民间文学也产生了不小的影响。

第一，《斩鬼传》的钟馗打鬼题材直接影响了后来的《平鬼传》和近代张恨水的《新斩鬼传》，间接启发了以鬼域反映现实生活的《何典》，并对晚清《梦平鬼奴记》《精神降鬼传》等通俗小说产生了或多或少的启发和影响。清水云道人的《平鬼传》同样写钟馗奉命斩鬼一事，他率领神荼、郁垒二将与万人县无二鬼领导的群鬼联盟作战，经过几番较量终于取得胜利。晚清张南庄的《何典》则叙述了活鬼之子活死人如何经历困苦磨难，在机缘巧合下遇到仙人指点，最后镇压叛乱，得以加官晋爵并和自己的心上人臭花娘结成美满姻缘的故事。《何典》这种“谈鬼物正像人间，用新典一如旧典”① 的故事叙述模式明显来源于《斩鬼传》。近代通俗小说大家张恨水受《斩鬼传》的启发，直接把钟馗等人请到了近代的上海斩鬼除恶，背景则放在民国。署名“仙源苍园”的《梦平鬼奴记》叙述了苍园所做的一个游历鬼国的梦，梦里他来到鬼国，遇到了各色各样的鬼，有穷、债、色、吝、烟、酒、懒等鬼，还有龌龊鬼、和事鬼等鬼。判官告诉苍园这些鬼物都是由于鬼国腐败所致。其后来又遇到野鬼侵犯鬼国，苍园自告奋勇帮助鬼国解除了危机，并得到封赏，就在此时苍园醒来，故事也戛然而止。显然该小说具有强烈的现实针对性，书中诸鬼即为清政府贪婪无用之各类官员的化身和象征，作者把批判的矛头直接对准了清朝最高统治者，尖锐地指出国家遭受外敌侵略的主要原因在于政治的腐朽和黑暗。野鬼自然就是英、美等西方列强和邻国日本的丑化形象。作者毫不掩饰自己对清政府腐败无能的极度愤慨和希望能够为国家、民族解除危难的赤诚之心。不可否认的是，从该书的题材和创作方法来看，其明显受到了《斩鬼传》的直接影响，仅从

① ［清］张南庄：《何典》，工商出版社，1981 年版，第 5 页。

这些鬼的名号上就可以看出其对《斩鬼传》的继承和仿效。

惺惺居士的《精神降鬼传》与《斩鬼传》的关系更为密切。该书叙述了上帝命精神为将，以心猿大师为参谋，以肾行太保为先锋，率领兵将来人间降服诸多人中鬼的故事。透过故事，读者可以清楚地窥探到作者主观的教化意旨，即思索一个人如何全真养性、存心慎行以抵御各种欲望邪念的侵袭。该书的主题即为：

> 言人之受命于天也，以精神为将，言人之志以帅气也，以戕生之具为鬼，言人之汩于嗜欲也。盖人祇一身也，昵之以声，迷之以色，诱之以货利，人之势日孤单，鬼之势日众，故人之不能胜夫鬼者，常也；唯夫有志之士逞其智计，奋其果敢，聚群鬼而歼之一隅，然后身可保，性可存，因得以守其固有之天。[①]

该书与《斩鬼传》对人中鬼的定性是一样的，都是“天下人其面而兽其心者”。但是也有不同的地方，即《斩鬼传》是以严惩群鬼的方式以警诫人们自省，从而达到净化社会风气的目的；《精神降鬼传》则着眼于个人全真养性的需要，强调个体主观上的修养。作者创作思路的差异也导致了小说对待群鬼方式的不同，即“《斩鬼·平鬼传》上钟馗俱以吃吃杀道，我家主帅（精神）以生生为道”[②]。由此可以看出《精神降鬼传》所受《斩鬼传》的影响是多么明显和直接。晚清时期的《革命鬼现形记》《新鬼世界》《魑魅魍魉记》等以鬼为名的小说，虽然内容都是写现实社会的种种，但是毋庸置疑也有着《斩鬼传》一类小说的影子。

第二，在具体人物的刻画上，《斩鬼传》的某些技法对《儒林外史》及《何典》产生了或多或少的影响。上文在分析人物塑造方法时，提到了将性格形象化、行为化的手法，以急赖鬼的赖账三步骤最为典型。生活中躲账赖债之人的第一步一般就是拖，口上应承说明日准还；第二步被逼无奈之时就是借东家的还西家的，人们形象地称之为“拆东墙补西

---

① 转引自江苏省社科院明清小说研究中心，江苏省社科院文学研究所：《中国通俗小说总目提要》，中国文联出版公司，1990 年版，第 685 页。

② 转引自江苏省社科院明清小说研究中心，江苏省社科院文学研究所：《中国通俗小说总目提要》，中国文联出版公司，1990 年版，第 681 页。

墙”；第三步只好躲起来不见人，或者干脆逃跑，人们形象地用“缩头乌龟”来形容他们此时的状态。刘璋在刻画急赖鬼时就借鉴了这三种赖账方式。急赖鬼先是在家门口挂了一块写着“明日准还”的木牌，此计不成，就在家里拆了东墙去补倒塌的西墙，最后被钟馗逼得走投无路时就一头扎进水里，变成一个大乌龟，“缩了脖子再不肯出来”（第四回）。这种写人方法《儒林外史》中也有，比如写杜慎卿在夕阳下看着自己的影子徘徊了好久，赞叹了好久，其实就是成语“顾影自怜”的还原和写真。当然，“顾影自怜”这一成语来自三国时期的何晏。《三国志·魏书·曹爽传》注引《魏略》记“晏性自喜，动静粉白不去手，行步顾影”[①]。人们从何晏身上总结出“顾影自怜”这一成语，而到了吴敬梓那里又把其还原为形象生动的实际行为。这种方法是否直接受到了《斩鬼传》的启发和影响，我们不好判断，因为据王青平考证，《斩鬼传》初刊本不晚于乾隆五十年（1785），之前一直以手抄本形式流传，而《儒林外史》在乾隆十四年（1749）就已基本写成。对于吴敬梓之前是否看到过《斩鬼传》目前还没有确切的证据。然而从小说艺术的纵向发展来看，《斩鬼传》的描写粗糙简单，而《儒林外史》明显精妙自然得多。当然，我们也不能排除身在江南的吴敬梓看到过《斩鬼传》的可能，所以笔者姑且将《儒林外史》的例子放在此处，存疑待考。

《何典》中有两处情节描写基本可以肯定是受到了《斩鬼传》的艺术启发。第一回活鬼夫妇因中年无子而去求神赐子，一行人乘船出发：“到得阴沟口头，只见经岸旁边，蹲着一只愤气癞团，抬头望着天上一群天鹅，正在那里想吃天鹅肉……船已出了阴沟，到得奈河里，凑巧遇着极顺的鬼阵头风。但见往来船只，也有随风转舵的，也有趁水推船的，尽在那里颠。”[②] 这一段前面的描写恰是我们所熟知的俗语“癞蛤蟆想吃天鹅肉”的形象化和情景化。该俗语形容一个人不自量力，一心谋取不可能得到的东西。作者把这句俗语形象化为一只癞蛤蟆坐在水沟里抬头看着天上飞翔的天鹅，一心想着如何吃到天鹅的肉，极具讽刺效果和表现力。事实上，在《何典》问世之前，冯梦龙在其《卖油郎独占

① 缪钺：《三国志选注》（上），中华书局，1984年版，第234页。
② ［清］张南庄：《何典》，工商出版社，1981年版，第32～33页。

花魁》中就已经有这样的描写了。卖油郎秦重看到花魁娘子后，对其一见倾心，冥思苦想如何会她一面，但是囊中羞涩难以成行。此时作者如此刻画秦重的心理活动："呸！我终日挑这油担子，不过日进分文，怎么想这等非分之事！正是癞蛤蟆在阴沟想着天鹅肉吃，如何到口！"[①]另外，"随风转舵"和"趁水推船"即现在常用的成语"见风使舵"和"顺水推舟"，此二成语一般都是取其比喻意义，当然其比喻意义也是由生活经验的比附而来的，但作者这里将已经约定成俗的成语艺术化为具体的情节，从表达方式上来说，这自然与《斩鬼传》中描写急赖鬼躲账的情形同属一类。

还有，《何典》第三回写活鬼遭受牢狱之灾，后花钱保了出来，在回家的路上遇到大风，小船被打翻，用活鬼的话说就是"在阴沟里失风，翻了船"[②]。这也就是我们常说的"阴沟里翻船"。张南庄在此同样把一句民间俗语还原成了一个生动有趣的情节。据此，不难推断《何典》这种把成语、谚语形象化的方法当源于《斩鬼传》。

第三，《斩鬼传》对生活真实与艺术虚构的认识也启发了之后的《何典》《常言道》等作品。在《斩鬼传》的结尾处，作者设计了一个非常有意思的细节，钟馗等人在天庭受封赏后各自赴任，钟馗庙对老百姓的祈求"且是灵感异常，求风得风，求雨得雨"，所以德宗皇帝命人写了匾额前去挂匾，而上面却写着五个金盆大字："那有这样事"（乾本）。显然，这句话已经不属于故事叙述的有机组成部分了，而是作者对《斩鬼传》浪漫主义创作方法的直白表达，是在坦诚交代所叙述的这些鬼物和故事都是虚构出来的，并非实有其事。这一点与《斩鬼传序》中关于画鬼容易画人难的观点是一致的。同时也可清楚地看出作者创作《斩鬼传》还是以讽喻和劝诫为初衷的。所以，刘璋这种先是一本正经地讲完一大段故事，然后又以一种略带狡黠俏皮和玩世不恭的语气告诉大家"那有这样事"的做法，使得后来热衷于鬼界题材小说创作的小说家们不得不去思考生活真实和艺术虚构之间的关系，并促使他们以一种醒目的方式来标明其虚构是有所依凭的，如《何典》《常言道》两部小说的

---

① ［明］冯梦龙编著，顾学颉校注：《醒世恒言》（上），人民文学出版社，1979年版，第46页。

② ［清］张南庄：《何典》，工商出版社，1981年版，第62～63页。

命名。《何典》之太平道人序言中引《汉书·艺文志》“小说家者流，盖出于稗官，街谈巷语道听途说者之所为也”的观点后，接着说道：

> 由是言之，何必引经据典而自诩为鬼之董狐哉？……今过路人务以街谈巷语，记其道听途说，名之曰《何典》；其言则鬼话也，其人则鬼名也，其事实则不离乎开鬼心，扮鬼脸，怀鬼胎，钓鬼火，抢鬼饭，钉鬼门，做鬼戏，搭鬼棚，上鬼党，登鬼箓，真可称一步一个鬼矣。①

据此序言可知，《何典》的题材内容本来源于社会生活这部“大书”，而非儒家“四书”“五经”类的经典。也因为如此，它抛弃了儒家“不语怪力乱神”的传统，而是以想象、夸张、变形的手法虚构出一个魑魅魍魉盛行的荒唐世界。因此，《何典》虽是“出于何典”② 之问句的简称，却从反面表达了“并非以经典为据”的意思。而《常言道》的命名意图更加直白显豁。“常言道”与“俗话说”“古人云”等都是日常用语，作者以此为名正表明其作品内容乃人们口中经常谈论的生活问题和人生哲理。

第四，《斩鬼传》对民间传说和笑话艺术的流传与发展也有不小的贡献。《斩鬼传》本身就是在民间钟馗传说和信仰广泛存在的基础上产生的，所以其一经问世必然会受到广大民众的欢迎。在流传过程中，民众会对其进行再创作，或者对其中的精彩情节进行加工，使之演变为一个个独立的小故事或笑话。刘锡诚先生曾广泛搜集相关民间资料，发现在有些地区流传的钟馗故事显然来自刘璋的《斩鬼传》，比如《梓潼县城关镇民间文学资料集》中的《钟馗斩鬼》乃《斩鬼传》故事内容的浓缩和翻版；而黄伟群所搜集的《五鬼闹钟馗》和常在志所搜集的《醉色二鬼归地狱》两篇小说则直接脱胎于《斩鬼传》第七回和第九回。③

《斩鬼传》中一些滑稽有趣的情节也逐渐在民间独立为一个个小笑话。如清代程世爵《笑林广记》中“捉鬼”的笑话：

---

① ［清］张南庄：《何典》，工商出版社，1981 年版，第 21～22 页。

② 鲁迅：《为半农题记〈何典〉后》，引自《申报馆书目续集》之《何典提要》，见［清］张南庄：《何典》，工商出版社，1981 年版，第 7 页。

③ 刘锡诚：《钟馗传说的文人化趋向及现代流传》，载于《民间文化论坛》，1998 年第 1 期，第 32 页。

玉皇命钟馗至世捉鬼。钟馗领旨，带领鬼卒，到下界，仗剑捉之。谁知阳世之鬼，比阴间多而且凶。众鬼见钟馗来捉，那冒失鬼上前夺剑，伶俐鬼搬腿抽腰，讨贱鬼拉靴摘帽，下作鬼解带脱袍，无二鬼掀须掠眉，穷命鬼窃剑偷刀，陶气鬼抠眼剜鼻，醸脸鬼唠俚唠叨，众鬼跌倒身上，色鬼双手抱住。这钟馗有法无法，众恶鬼既号且咷。钟馗正在为难，忽见一胖大和尚，皤皤大腹，嘻嘻而来，将钟馗扶起说："伏魔将军，为何这样狼狈？"钟馗说："想不到阳世之鬼，如此难捉。"和尚说："不妨，等我替你捉来。"这和尚见了众鬼，张巨口咽啰一声，把众鬼全吞在肚内。钟馗大惊说："师傅实在神通广大。"和尚说："你不知道这等孽鬼，世上最多，也合他论不得道理，讲不得人情，只用大肚子装了就是了。"①

另一则笑话《醉鬼》云：

玉帝坐凌霄殿，谓诸神曰："地狱之鬼，有阎君统膳。惟阳世之鬼，无人管束，愈出愈奇。我欲使钟馗至下界，尽捉为食之，以惩鬼蜮之行，而除生灵之害。"众神曰："界分阴阳，阴有鬼而阳有人，阳世何得有鬼？"帝曰："阳世之鬼更多，辟如啬刻鬼、势利鬼、乌烟鬼、赌鬼、醉鬼，皆是也，何可不除！"遂命钟馗至下界捉鬼。钟馗至下界，饬鬼卒尽拘之，惟醉鬼不见到案。询之鬼卒，答曰："这醉鬼无日不饮，无饮不醉。夜间闹酒发疯，白日害酒装死，实在难捉。"钟馗曰："且将众鬼烹而食之，先回奏玉旨要紧。"行至中途，忽来一人扭着钟馗不放，自称："我是醉鬼。"钟馗曰："我正要捉你，你因何反来缠我？"醉鬼曰："你是何人？"答曰："我即是奉命捉鬼的钟馗。"醉鬼曰："你姓钟乎？还是大钟？还是小钟？"钟曰："此话怎讲？"醉鬼说："若是大钟，与你豁三十拳；若是小钟，与你豁五十拳；豁完了，再说。你吃我不吃，我不管。"②

第一则笑话明显是《斩鬼传》第七回五鬼闹钟馗和第二回弥勒佛吞

① ［清］程世爵撰，曹颖点校：《笑林广记》，长江文艺出版社，2005年版，第7页。或参看王利器：《历代笑话集》，上海古籍出版社，1981年版，第564页。

② ［清］程世爵撰，曹颖点校：《笑林广记》，长江文艺出版社，2005年版，第41页。

三鬼情节的糅合，第二则脱胎于《斩鬼传》第九回斩醉死鬼一节。

清小石道人《嘻谈录》中的一则笑话应该来自《斩鬼传》中龌龊鬼的故事。第四回龌龊鬼去找仔细鬼商量对付钟馗，路上出恭事被小石道人重新加工，收录于其《嘻谈录》，即“穷鬼借债”：

> 有人极穷，饥不怕饿，死不吃饭，人皆呼之为啬剋鬼。一人极命穷，剩一文钱，必要花完，才睡的着觉，人皆呼之为穷命鬼。这日，穷命鬼找啬剋鬼借钱……啬剋鬼说：“我说一个笑话你听：有一人极吝啬，岂止一毛不拔，连肚内的屎，都要屙在家里。一日，将要远行，恐途中出恭，岂不白丢了一泡大粪，莫若带了狗去，以防意外之虞。遂将家中狗带之同行。行至半路，果然要出恭，其人叹曰：“人无远虑，必有近忧；愚人千虑，必有一得：其此之谓乎！”于是出了恭，那狗果然吃了。不料吃了之后，那狗也要出恭，其人指狗骂曰：“没造化的畜生，真是鼠肚鸡肠，你连一泡屎都擎受不起，你还借的是什么钱？”[①]

另外，《斩鬼传》在具体的人物刻画和情节设置方面也直接影响了李百川的《绿野仙踪》的创作，具体表现在捣大鬼的出场描写与《绿野仙踪》第二回罗龙文的出场描写、不通鬼《风》《花》《雪》《月》四诗及感怀诗与《绿野仙踪》第七回邹继苏同名四诗之间的直接承袭关系上（详见本书附录）。

当然也有研究者认为《斩鬼传》的结构形式对后来的小说有着直接的启发作用。如蔡国梁认为这种由独立的故事衔接而成的结构给予“后世的《儒林外史》以启示与创新”[②]。胡万川等人也持同样的观点，暂不赘述。

总之，从上述几个方面可以清楚地看出《斩鬼传》对后世包括笑话和小说在内的通俗文艺形式产生了积极的影响和启发。在此基础上，我们方可对《斩鬼传》的小说史地位进行重新且准确的定位和评价。

---

① 转引自王利器：《历代笑话集》，上海古籍出版社，1981年版，第538页。据石昌渝《中国古代小说总目》（文言卷）介绍，小石道人乃光绪年间人。

② 蔡国梁：《讽喻小说史话》，辽宁教育出版社，1993年版，第59页。

第三节 《斩鬼传》的艺术缺陷

对于《斩鬼传》的艺术缺陷，已有研究者作过分析和讨论。如在人物性格塑造及其与社会的关系方面，蔡国梁认识到了“作者尚未深入揭露产生这些‘恶鬼’的社会根源”[①]。李保均认为人物“性格缺乏丰富性、复杂性是神魔鬼怪讽刺小说的主要的不足”[②]。王定的《从〈西游补〉〈斩鬼传〉〈儒林外史〉三书看讽刺艺术》一文专门比较了《斩鬼传》与《儒林外史》在人物刻画和语言上的差距，指出了《斩鬼传》人物性格单一化、概念化、缺少流动性，人物语言缺少个性化和真实性的缺点[③]，作者由此认为《斩鬼传》的讽刺力量和艺术价值要远逊于其他两部小说。然而，该文作者只关注了《斩鬼传》艺术上的粗糙，却忽略了该书独特的艺术风貌。刘燕萍将《斩鬼传》最终没有跻身主流文学行列的主要原因解释为书中“这些污秽的形容”[④]。鉴于此，笔者认为有必要对该书尤其是人物塑造上的缺陷进行梳理和探讨。

刘璋的创作目的非常简单，思路直接明了，即严惩恶鬼，从而“使人知所畏而为善也”[⑤]。这种创作思路就决定了作者在刻画群鬼形象尤其是道德类和习性类形象时主要采取强调和夸张等修辞手法，形成了一种漫画式的淋漓尽致的艺术风格。作者常常让反面人物在一定的情境下自说自话，将其性格缺陷暴露在阳光下，这种描写虽滑稽热闹却不够生活化，很多情节并不符合生活逻辑和常理，也就缺乏必要的生活质感和真实性，如第二回捣大鬼跟钟馗恬不知耻地吹嘘；第九回奸鬼向钟馗作自我介绍，坦白了自己龌龊不堪的内心等。

另外，将人物性格形象化和行为化的写作方式并不是一种高明的刻画人物的艺术手法，这种手法虽然极具讽刺力度，且带有戏谑色彩，给

---

① 蔡国梁：《讽喻小说史话》，辽宁教育出版社，1993 年版，第 59 页。

② 李保均：《明清小说比较研究》，四川大学出版社，1996 年版，第 242 页。

③ 王定：《从〈西游补〉〈斩鬼传〉〈儒林外史〉三书看讽刺艺术》，载于《湖南第一师范学报》，1999 年第 1 期。

④ 刘燕萍：《怪诞与讽刺——明清通俗小说诠释》，学林出版社，2003 年版，第 138 页。

⑤ ［清］刘璋：《斩鬼传》，北岳文艺出版社，1989 年版，第 2 页。

读者带来了耳目一新的审美印象，但是也在很大程度上限制了作者对人物性格特征的充分摹写和精雕细琢。显然，这种叙述方式跟作者的创作思路有密切的关系。作者想要将现实生活中的种种不良行为和劣根性进行夸大、变形，以便引起读者的注意；而为了更清晰地展示这些恶德败俗，作者特意安排鬼物们一个接一个地出场，即采用了研究者所说的“串珠式的结构”（胡万川语）。因此，在有限的篇幅内，作者展开了犀利尖锐的讽刺性叙述和描写，极尽夸张戏谑之能事。当然，这种情况也与作者当时的写作心态和动机密切相关，年轻气盛的刘璋只求淋漓尽致地宣泄自己的不平之气和满腔愤懑，因此他是以一种率性而为的态度来写作的，这就是前引《兼修堂跋》所说的“盖作者一时遣兴，率笔描去，不假推敲”。

作者刻画人物性格的方法和创作态度使群鬼的性格表现出了单一、呆板的特征。简言之，这些人鬼形象只是人的某种道德缺陷和人性弱点的化身和图解。这一点正是后世研究者对《斩鬼传》经常加以指责的地方。后出之《平鬼传》为了克服上述艺术缺陷，改变了钟馗斩鬼的模式，作者没有像刘璋那样让群鬼一个个出场，而是设置了一个群鬼集中营——万人县，群鬼在此地结成联盟与钟馗等人对阵。如此一来，人物性格就在钟馗及群鬼之间的矛盾冲突中得到了较为充分、细致的刻画。同时，作者抛弃了刘璋任意夸张、尽情戏谑的书写态度和讽刺手法，采用生活化的情节铺展和细节描述，使得该小说的整体艺术风格和叙述笔调由《斩鬼传》人鬼不分的奇幻夸饰变得平实自然。

总之，《斩鬼传》虽然在后世文人眼中并非一部优秀的经典之作，但在民间却流传甚广，影响很大。这当然与《斩鬼传》独特的民间趣味和钟馗信仰的流传及老百姓斩奸除恶的心理诉求有着紧密的关系。但我们也应该看到《斩鬼传》在题材内容、艺术手法乃至精神趣味等方面对后世文学尤其是小说创作的积极影响和启发。不可否认的是，作者刘璋强烈的愤世情绪和惩恶扬善的主观意图在很大程度上又决定了《斩鬼传》叙述艺术的粗糙和浮浅。假如当年作者能够以更加从容的心态和更加细腻的笔触对人物性格及社会关系作广泛、深入的挖掘的话，相信这部小说必会大放异彩，正如戴不凡先生所推测的那样：“这部寓意颇深而又颇有风趣的小说，当年作者如果能放笔写一下，倒不失为我国小说史上的一朵奇花。”①

① 戴不凡：《小说闻见录》，浙江人民出版社，1980年版，第60~61页。

结 语

作为中国古代第一部严格意义上的讽刺小说，《斩鬼传》是作者刘璋的主体意识和时代环境以及文化传统相结合而产生的艺术果实。自明代中后期以来，污浊的社会风气引起有责任、有担当的正统文人的忧虑和反思，而在清初实学思潮和宽严相济的统治政策的推动下，年轻的刘璋出于纯粹的讽刺世情的动机，抱着惩善扬恶、激浊扬清的目的，将民间广泛流传的钟馗打鬼传说和钟馗信仰进行重新加工，创作了极具民间喜剧格调和讽刺力度的《斩鬼传》。刘璋将他在现实生活中耳闻目睹的众多恶德败行细分为四类，即道德类、习性类、社会世态类和政治类，基本涵盖了古往今来所有令人不齿的人和事。从艺术讽刺效果看，刘璋采取了以夸张、变形和想象为主的漫画式讽刺技法，对人物形象进行了虚实结合的描摹，尤其是将人物的某一典型性格予以形象化和行为化的表现，产生了新奇的审美效果；同时，灵活多样的反讽和寓意丰富的暗讽以及雅俗共赏的语言的运用，使小说呈现出一种活泼灵动、耐人咀嚼的美学意蕴。

讽刺小说开山之作的特殊地位亦赋予了《斩鬼传》非同一般的小说史意义。通过对其成书过程的梳理和探究，笔者发现《斩鬼传》讽刺小说性质的确立主要取决于笑话艺术对故事叙述的全面渗透和参与，因此，判断一部小说作品是否为讽刺小说也就有了基本的学理依据。由鲁迅先生的论述和判断可以看出，清代讽刺小说分为绵里藏针式的温和嘲讽和酣畅淋漓式的痛快谴责两类，这是由笑话艺术之幽默含蓄和泼辣犀利两种风格导致的。同时，加之《斩鬼传》在成书过程中借鉴了《西游记》和《金瓶梅》的讽刺艺术，所以从后二者的题材内容角度可以更好地理解和阐释清代讽刺小说两大创作类型的趋向和分流。

综上所述，《斩鬼传》在数以千计的古代小说中只能跻身二流之列，其叙述艺术粗糙浮浅，人物形象塑造呆板单一，但若将其成书过程和讽刺小说性质的确立放在讽刺小说史视野下进行透视和观照，我们就会客观、理性地认识到它的小说史地位和价值，并给予积极、肯定的评价和定位。这也正是笔者研究《斩鬼传》的立足点和出发点，至于本观点和相关阐述允当与否，望识者察之。

参考文献

一、古籍类

不题撰人．唐钟馗全传［M］．古本小说丛刊本．

曹雪芹．脂砚斋甲戌抄阅再评石头记［M］．上海：上海古籍出版社，1985．

程世爵，撰，曹颖，点校．笑林广记［M］．武汉：长江文艺出版社，2005．

大清十朝圣训［M］．台北：文海出版社印行，1965．

丁世良，赵放．中国地方志民俗资料汇编［M］．书目文献出版社，1995．

方汝浩．东游记［M］．杭州：浙江古籍出版社，1988．

冯梦龙，编著，顾学颉，校注．醒世恒言［M］．北京：人民文学出版社，1979．

冯梦龙，等．明清民歌时调集［M］．上海：上海古籍出版社，1987．

顾炎武．日知录［M］．上海：上海古籍出版社，2006．

关汉卿，著，康保成，李树玲，选注．关汉卿选集［M］．北京：人民文学出版社，1998．

刘璋．斩鬼传［M］．太原：北岳文艺出版社，1989．

乐天大笑生．解愠编［M］//续修四库全书·子部·小说家类．上海：上海古籍出版社，2002．

李昉，等．太平广记［M］．北京：中华书局，1961．

李培谦，等．（道光）阳曲县志［M］．北京：北京图书馆出版社，2002．

李汝珍，著，张友鹤，校．镜花缘［M］．北京：人民文学出版社，1979.

凌濛初．初刻拍案惊奇［M］．北京：中华书局，2009.

刘餗．隋唐嘉话［M］．北京：中华书局，1979.

刘禹锡．刘禹锡集［M］．北京：中华书局，1990.

刘昫，等．旧唐书［M］．北京：中华书局，1975.

陆林．三字经辑刊［M］．合肥：安徽教育出版社，1994.

落魄道人．常言道［M］．古本小说集成本.

孟元老．东京梦华录［M］．北京：中华书局，2007.

碨然子．拊掌录［M］//陆楫．古今说海．上海：上海文艺出版社，1989.

欧阳修，宋祁．新唐书［M］．北京：中华书局，1975.

沈括，著，胡道静，校注．梦溪笔谈［M］．北京：中华书局，1962.

王实甫，著，王季思，校正，张人和，集评．集评校注西厢记［M］．上海：上海古籍出版社，1987.

王轩，等．山西通志［M］．北京：中华书局，1990.

王植．崇雅堂稿［M］//四库全书存目丛书集部第 272 册．济南：齐鲁书社，1997.

吴承恩．西游记［M］．武汉：长江文艺出版社，1981.

西周生．醒世姻缘传［M］．上海：上海古籍出版社，1981.

徐道．历代神仙通鉴［M］．台北：学生书局，1989.

徐昆．柳崖外编［M］．光绪年间刊本.

严可均．全上古三代秦汉三国六朝文［M］．北京：中华书局，1958.

袁珂．山海经校译［M］．上海：上海古籍出版社，1985.

云中道人．平鬼传［M］．古本小说丛刊本.

张鷟．朝野佥载［M］．北京：中华书局，1979.

张南庄．何典［M］．北京：人民文学出版社，1981.

张衍寿，修，王晋，纂．深泽县志［M］．北京：北京图书馆出版社，2002.

赵南星，著，卢冀野，校订．清都散客二种［M］．郑州：中州古籍出版社，1991．

二、近现代著述类

阿瑟·波拉德．论讽刺［M］．谢谦，译．北京：昆仑出版社，1991．

阿英．晚清小说史［M］．杭州：浙江文艺出版社，2009．

蔡国梁．讽喻小说史话［M］．沈阳：辽宁教育出版社，1993．

蔡国梁．明清小说探幽［M］．杭州：浙江文艺出版社，1985．

陈伯海．近四百年中国文学思潮史［M］．上海：东方出版中心，2007．

陈大康．明代小说史［M］．上海：上海文艺出版社，2000．

陈洪．中国小说理论史［M］．天津：天津教育出版社，2005．

戴不凡．小说闻见录［M］．南昌：江西人民出版社，1980．

德江傩堂戏资料采编组．德江傩堂戏［M］．贵阳：贵州民族出版社，1993．

董国炎．明清小说思潮史［M］．太原：山西人民出版社，2004．

方正耀．中国古典小说理论史［M］．上海：华东师范大学出版社，2005．

冯友兰．中国哲学史新编［M］．北京：人民出版社，1985．

傅惜华．明代杂剧全目［M］．北京：作家出版社，1958．

傅惜华．清代杂剧全目［M］．北京：人民文学出版社，1981．

高翔．康雍乾三帝统治思想研究［M］．北京：中国人民大学出版社，1995．

哈特．讽刺论［M］．万书元，江宁康，译．南宁：广西人民出版社，1990．

洪修平．佛教与中国传统思想文化［M］．石家庄：河北省佛教协会，2000．

侯外庐．中国思想通史［M］．北京：人民文学出版社，1960．

胡胜．神怪小说简史［M］．太原：山西人民出版社，2005．

胡万川．钟馗神话与小说之研究［M］．台北：文史哲出版社，1980.

江庆柏. 清代人物生卒年表 [M]. 北京：人民文学出版社，2005.

江苏省社科院明清小说研究中心，江苏省社科院文学研究所. 中国通俗小说总目提要 [M]. 北京：中国文联出版公司，1990.

金鑫荣. 明清讽刺小说研究 [M]. 南京：凤凰出版社，2007.

孔另境. 中国小说史料 [M]. 上海：上海古籍出版社，1982.

李保均. 明清小说比较研究 [M]. 成都：四川大学出版社，1996.

李悔吾. 中国小说史漫稿 [M]. 武汉：湖北教育出版社，1998.

李绍先，王晓琳. 明清小说话幽 [M]. 成都：四川教育出版社，2003.

李时人，编校，何满子，审定. 全唐五代小说 [M]. 西安：陕西人民出版社，1998.

林辰. 古代小说概论 [M]. 沈阳：春风文艺出版社，2006.

林辰. 明末清初小说述录 [M]. 沈阳：春风文艺出版社，1988.

刘世德. 中国古代小说百科全书 [M]. 北京：中国大百科全书出版社，1993.

刘燕萍. 怪诞与讽刺——明清通俗小说诠释 [M]. 上海：学林出版社，2003.

柳存仁. 伦敦所见中国小说书目提要 [M]. 北京：书目文献出版社，1982.

鲁迅. 鲁迅全集 [M]. 北京：人民出版社，1973.

鲁迅. 中国小说史略 [M]. 北京：人民文学出版社，2007.

路工，谭天. 古本平话小说集 [M]. 北京：人民文学出版社，1984.

马书田. 华夏诸神 [M]. 北京：燕山出版社，1999.

马书田. 中国俗神 [M]. 北京：团结出版社，2007.

孟昭连，宁宗一. 中国小说艺术史 [M]. 杭州：浙江古籍出版社，2003.

宁宗一. 中国小说学通论 [M]. 合肥：安徽教育出版社，1995.

欧阳健. 晚清小说简史 [M]. 北京：人民文学出版社，1980.

齐裕焜，陈惠琴. 中国讽刺小说史 [M]. 沈阳：辽宁人民出版社，1993.

上海古籍出版社. 历代笔记小说大观［M］. 上海：上海古籍出版社，2005.

孙楷第. 中国通俗小说书目［M］. 北京：人民文学出版社，1982.

王阑西，王树村. 钟馗百图［M］. 广州：岭南艺术出版社，1990.

王利器. 历代笑话集［M］. 上海：上海古籍出版社，1981.

王平. 中国古代小说叙事研究［M］. 石家庄：河北人民出版社，2001.

王先霈，周伟民. 明清小说理论批评史［M］. 广州：花城出版社，1988.

文彦生. 中国鬼话［M］. 上海：上海文艺出版社，1991.

吴淳邦. 清代长篇讽刺小说研究［M］. 北京：北京大学出版社，1995.

吴淳邦. 晚清讽刺小说的讽刺艺术［M］. 上海：复旦大学出版社，1994.

项楚. 敦煌变文选注（增订本）［M］. 北京：中华书局，2006.

萧相恺. 世情小说简史［M］. 太原：山西人民出版社，2005.

萧欣桥，刘福元. 话本小说史［M］. 杭州：浙江古籍出版社，2003.

谢国桢. 明末清初的学风［M］. 上海：上海书店出版社，2004.

徐君慧. 古典小说漫话［M］. 成都：巴蜀书社，1988.

徐培均，范民声. 三百种古典名剧欣赏［M］. 上海：上海辞书出版社，2005.

张恨水. 新斩鬼传［M］. 太原：北岳文艺出版社，1993.

张俊，沈治钧. 清代小说简史［M］. 太原：山西人民出版社，2005.

张稔穰. 中国古代小说艺术教程［M］. 济南：山东教育出版社，1991.

张祥浩. 王守仁评传［M］. 南京：南京大学出版社，1997.

朱一玄，刘毓忱. 水浒传资料汇编［M］. 天津：百花文艺出版社，1981.

三、学位论文、期刊论文类

陈监先．捉鬼传的作者和版本［N］．光明日报，1956－04－29．

崔雄．出鬼非神亦非仙 造福纷纷佑善人——历代钟馗画浅谈［J］．东南文化，2002（1）．

郭志强，董国炎．论钟馗形象的演变［J］．山西大学学报（哲学社会科学版），2001（1）．

郭志强．对中国古代讽刺小说的重新审视——从传播角度看《斩鬼传》的影响［J］．社会科学辑刊，2006（1）．

李炅．“钟馗样”研究［J］．南京艺术学院学报，2007．

李楠．“跳钟馗”源流研究［D］．北京：中国艺术研究院，2004．

李勇．中国古代绘画中钟馗画寓意的演变［J］．戏剧文学，2005（8）．

梁苑．刘璋不是编次才子佳人小说的烟霞散人［J］．明清小说研究，2007（1）．

刘锡诚．钟馗传说的文人化趋向及现代流传［J］．民间文化论坛，1998（1）．

刘锡诚．钟馗传说和信仰的滥觞［J］．中国文化研究，1998（3）．

刘锡诚．钟馗信仰的民俗化［J］．民俗研究，1998（4）．

刘燕萍．钟馗神话的由来及其形象［J］．宗教学研究，2001（2）．

刘振．钟馗信仰与钟馗戏［D］．上海：上海师范大学，2003．

沈漫涛．以鬼喻人讽世明道——浅谈《钟馗斩鬼传》［J］．明清小说研究，1995（1）．

汪晓云．“方相”与“钟馗”的发生学研究［J］．艺术探索，2005（2）．

王定．从《西游补》《斩鬼传》《儒林外史》三书看讽刺艺术［J］．湖南第一师范学报，1999（1）．

张宏庸．中国讽刺小说的特质与类型［J］．中外文学，1976（5）．

张虹．钟馗小说与钟馗形象漫议［J］．明清小说研究，1995（1）．

张乾元．“钟馗”考［J］．宿州师专学报，1999（3）．

张兴，张毓洲．从敦煌写本《除夕钟馗驱傩问》看钟馗故事的发展和演变［J］. 敦煌研究，2008（1）.

张兴，张毓洲. 钟馗故事的传播方式和演变过程［J］. 宁夏社会科学，2008（1）.

附　录　试谈《斩鬼传》与《绿野仙踪》创作的关系①

李百川的《绿野仙踪》②是一部集神魔题材、英雄传奇、历史演义和世情题材于一体的通俗小说，其取材来源十分广泛，学界对此也已经取得了许多研究成果。笔者在阅读过程中，发现清初太原人刘璋的讽刺小说《斩鬼传》③对《绿野仙踪》也产生了一定的影响。由于《斩鬼传》只是一部名不见经传的二流作品，学界对该小说的关注度相对要小得多，所以也就忽略了它与《绿野仙踪》之间的关系。鉴于此，笔者试从外证、内证两个方面进行阐述，以求教于方家。

一、外证：由自序可知李百川阅读过《斩鬼传》

据王青平考证，刘璋的《斩鬼传》写定于康熙二十七年（1688）之前，直到乾隆五十年（1785）前才付诸刊刻，被称为“第九才子书”，在民间流传很广。李百川的《绿野仙踪》由其自序可知成书于乾隆十八年（1753）至二十七年（1762）之间，要晚于《斩鬼传》七十年左右。通过李百川的自序，可以基本确定他是读过《斩鬼传》的。

第一，李百川游历广泛，且到过山西。从其自序中可知，他去过扬州、盐城、梁州等地，过着“风尘南北”的生活，且他曾在乾隆丙子即二十一年（1756）依靠任直隶辽州牧（今山西左权县）的同祖弟李严说生活过一段时间。刘璋即山西太原人，此时就算其《斩鬼传》尚未刊刻，也会以抄本形式较为广泛地流传。

---

① 本文发表于《济宁学院学报》2014年第4期，收入本书有删改。

② ［清］李百川著，老番水校点：《绿野仙踪》，齐鲁书社，1995年版。以下引文均出自该版本，不再出注。

③ ［清］刘璋：《斩鬼传》，北岳文艺出版社，1989年版。以下引文均出自该版本，不再出注。

第二，李百川在《绿野仙踪》自序中云：“余居家时，最爱谈鬼，每于灯清夜永际，必约同诸友共话神奇，助酒阵诗坛之乐。”那么，当他到了山西后得知有这么一本以钟馗打鬼为题材的讽刺小说时，怎么会不欣喜若狂而一睹为快呢？序中还说：“余彼时亦欲破空捣虚，做一《百鬼记》，因思一鬼定须一事，若事事相连，鬼鬼相异，描神画吻，较施耐庵《水浒》更费经营。”“亦欲”应该是针对《斩鬼传》而言的，因为在此之前并没有一部专门以鬼物为描写对象的通俗小说，一鬼一事正是《斩鬼传》的写法。

总之，从李百川的自序中可以看出他在山西时极有可能读过《斩鬼传》。当然，这只是由外证材料得出的大胆推论，下面才是毋庸置疑的内证材料。

二、内证其一：罗龙文的肖像描写与捣大鬼如出一辙

《绿野仙踪》第二回“做寿文才传佥壬口 充幕友身入宰相家”叙述冷于冰赴京城参加乡试，租住了奸臣严嵩门下一个得宠走狗罗龙文的房子。冷于冰搬进他家房子后，投帖拜望，等了三四天后罗龙文才回拜。李百川是如此描述罗龙文形象的：

> 一双猫儿眼，几生在头顶心中；两道虾米眉，竟长在脑瓜骨上。谈笑时，面上有天；交接处，目下无物。鱼腮雕嘴短胡须，绝象封毛；猿臂蛇腰细身躯，几同挂面。乌纱官帽晃动时，使尽光棍威风；青缎补袍摇摆后，羞杀文人气象。足未行而肚先走，真见六合内惟彼独尊；言将发而指随来，居然四海中容他不下。

这段文字形象地刻画出罗龙文狂妄自大、装模作样的小人气质。其实李百川对罗龙文的这段描写来自刘璋《斩鬼传》第二回“诉根由两神共愤 逞豪强三鬼齐谄”中对捣大鬼的描写，请看：

> 两道扬眉，一双瞪眼。两道扬眉，生于头顶中；一双瞪眼，竟在骨头上。谈笑时仰面朝天；交接处眼底无人。手舞足蹈，恍然六合内任彼峥嵘；心满意足，竟觉四海中容他不下。戴一顶凤头冠，居然尊其瞻视。穿一件蛇蚤皮，止算的设其衣裳。两个小童，不住着高呼低骂。一匹瘦马，那里肯漫走缓行。正是：猫儿得意欢如

虎，蟋蟀装腔胜如龙。

这两段文字从意义到词句几乎相同，可知二者之间存在着继承关系。另外，罗龙文和捣大鬼均是第一个出场的反面人物，而且都被安排在第二回，这应当不是巧合、雷同。

三、内证其二：腐儒邹继苏与不通鬼诗才同一

《绿野仙踪》第六回“走荆棘幸脱饿虎口　评诗赋大失腐儒心”写冷于冰决心弃家求道，历尽辛苦到了一个山村借宿，遇到一位名叫邹继苏的迂腐教书先生。邹继苏拿出自己平日所作的《风》《花》《雪》《月》四首诗给冷于冰赏读。这四首诗写得幼稚可笑、一无是处，让冷于冰大惑不解，而听到邹继苏的解释后冷于冰又忍俊不禁，捧腹大笑。现将这四首诗及邹继苏对第一首诗的解释摘录如下：

第一首《风》：

> 西南尘起污王衣，籁也从天亦大奇。
> 篱醉鸭呀惊犬吠，瓦疯猫跳吓鸡啼。
> 妻贤移暖亲加被，子孝冲寒代煮糜。
> 共祝封姨急律令，明辰纸马竭芹私。

邹继苏自己解释道：

> 昔王导为晋相，庾亮手握强兵，居国之上流。王导忌之，每有西南风起，便以扇掩面曰：“元规尘污人。”故曰“西南尘起污王衣”。二句“籁也从天亦大奇”，是出在《易经》“风从天而为籁”，大奇之说，为其有声无形，穿帘入户，可大可小也。诗有比兴赋，这是借经史先将风字兴起，下联便绘风之景，壮风之威。言风吹篱倒，与一醉人无异。篱旁有鸭，为籁所压，则鸭呀也必矣。犬，司户者也，警之而安有不急吠者哉。风吹瓦落，又与一疯汉相似，檐下有猫，为瓦所打，则猫跳也必矣。鸡，司晨者也，吓之而安有不飞啼者哉。所谓“篱醉鸭呀惊犬吠，瓦疯猫跳吓鸡啼”，直此妙意耳。中联言风势猛烈，致令予宅眷不安，以故妻舍暖就冷而加被怜其夫。子孤身冒寒而煮糜代其母。当此风势迫急之时，夫妻父子犹各尽其道如此，所谓诗礼人家也，谓之为贤为孝，谁曰不宜。结尾

二句言封姨者，亦风神之一名也，急律令者，用太上老君咒语敕其速去也。纸马皆敬神之物，竭芹私者，不过还其祝祷之愿，示信于神而已。

第二首《花》：

红于烈火白于霜，刀剪裁成枝叶芳。
蜂挂蛛丝哭晓露，蝶衔雀口拍幽香。
媳钗俏矣儿书废，哥罐闻焉嫂棒伤。
无事开元击羯鼓，吾家一院胜河阳。（解释略）

第三首《雪》：

天挝面粉撒吾庐，骨肉同欢庆野居。
二八酒烧斤未尽，四三鸡煮块无余。
楼肥榭胖云情厚，柳锡梅银风力虚。
六出霏霏魃预死，援桴而鼓乐《关雎》。（解释略）

第四首《月》：

月如何其月未过，谁将晶饼挂银河？
清阴隐隐移山岳，素魄迢迢鉴鬼魔。
野去酒逢酣宋友，家回牌匿笞金哥。
倦哉饮水绳床卧，试问嫦娥奈我何？（解释略）

以上四首诗如果不是作诗者亲自解释，他人是不可能理解其中意思的。周作人在《知堂回忆录》中认为“媳钗俏矣儿书废，哥罐闻焉嫂棒伤”一句是讽刺乾隆皇帝的，陈新先生已经驳斥了这种观点。[①]

实际上，李百川对邹继苏蹩脚诗才的刻画同样取材于《斩鬼传》第四回“因龌龊同心访奇士 为仔细彼此结冤家”中对不通鬼的刻画。不通鬼不仅作了《风》《花》《雪》《月》四首诗，还作了一首感怀诗。为了更清楚地与《绿野仙踪》中邹继苏的诗比照，笔者将不通鬼的这四首诗及急赖鬼对感怀诗的解释摘录如下：

咏风的诗：

① 陈新：《〈绿野仙踪〉的作者、版本及其它》，载于《明清小说研究》，1988 年第 1 期。

一股冲天百丈长，黄砂吹起斗难量。
任你镇宅千斤石，刮到空中打塌房。

咏花的诗：

一枝才谢一枝开，谁替东君费剪裁？
花匠想从花里住，不然那讨许多来？

咏雪的诗：

轻如柳絮快于梭，可耳迎头满面搽。
想是玉皇请宾客，厨房连夜退天鹅。

咏月的诗：

宝镜新磨不罩纱，嫦娥端的会当家。
只愁世上灯油少，夜夜高悬不怕他。

以上是不通鬼的《风》《花》《雪》《月》四首诗。另外，他在被考官贬落后心里有所不甘，又写了一首感怀诗：

生衙钞短忍书房，非肉非丝主不良。
命薄满眸观鹬蚌，才高塞耳听池塘。
谈诗口渴梁思蜜，论赋心糟孔念姜。
何日时来逢伯乐，一声高叫众人慌。

此诗之意多亏急赖鬼解释方能明白：

急赖鬼道："他诗'生衙钞短忍书房'，待要做生意，又没本钱，待要当衙役，又无顶手，所以忍气吞声进了书房，故说'生衙钞短忍书房'。他第二句就为主考驳了，所说吟的诗当不的肉，作的赋当不的丝，又遇主考不良，不能爱才，所以说'非肉非丝主不良'。那开头一联，他见人家中了，他不能中，故奋然说我虽薄命，看何鹬蚌相争到几时？及至下第以来别无生涯，只得教书。那书生念起书来，就如那蛙鸣的一般。古诗有'青草池塘处处蛙鸣'之句，故又说个'命薄满眸观鹬蚌，才高塞耳听池塘'。至于第二联就说他教学的苦处。每到谈诗论赋的时节，讲的口渴心糟。当日梁武帝困在台城求蜜水止渴，所以说'梁思蜜'。那《论语》上说的

‘不撤姜食’，故又说‘孔念姜’，你看他对的何其工也！及至后边那个结尾，益发妙绝古今了。当日马逢伯乐而嘶，其价倍增。他说‘何日时来逢伯乐’，后日遇明眼主考，将他中了，如今人都欺他，那时他把众人都諕慌了，故说个‘一声高叫众人慌’。”

对比邹继苏和不通鬼的诗作可以发现，二者之低级幼稚如出一辙。不通鬼的感怀诗中生搬硬套典故，使得读者对诗意茫然不解，这一点被李百川借用，以刻画和形容邹继苏的迂腐、冥顽。因此，在《绿野仙踪》中李百川不仅刻意模仿《斩鬼传》而作《风》《花》《雪》《月》四首诗，而且还化用了不通鬼感怀诗个人化的表述方式。二者前后承继的关系不言自明。

由上述两则情节的取材辨析可知，《绿野仙踪》的确模仿和借鉴了刘璋的《斩鬼传》。同时，这两则内证材料也明确了作者自序中提到的“亦欲破空捣虚，做一《百鬼记》”针对的正是《斩鬼传》。

四、余论

通过以上外证和内证两方面的考辨，可以肯定李百川到达山西后认真读过刘璋的《斩鬼传》，并进行了一定程度的模拟和借鉴。需要说明的是，李百川大概是在完成《绿野仙踪》前三十回后才读了《斩鬼传》的，且读的当是抄本。李百川自序中云乾隆十八年（1753）“冬十一月，就医扬州，旅邸萧瑟，破愁长夜，于是草创三十回，名曰《绿野仙踪》”，而后在乾隆二十一年（1756）依靠李严说在山西生活了一段时间，此时《斩鬼传》尚未刊刻。所以说，《绿野仙踪》上述两则情节出自《斩鬼传》第二回、第七回，就应该是在李百川阅读完《斩鬼传》后又回过头来对罗龙文和邹继苏的形象进行的修订和补充。

总之，从纵向角度考察古代小说创作之间的前后关系，能够为我们更好地理解古代小说的发展演变提供一个独特的视角，而这也正是古代小说研究的目的之一。

后　记

本书是我在硕士学位论文《〈斩鬼传〉研究》的基础上修改补充而成的，也可算作我数年来对《斩鬼传》及讽刺小说有关问题研究的一个小小的总结和反省。

2008年我考入南京师范大学文学院，有幸跟随陈书录先生攻读硕士学位。陈师乃明代诗文研究之大家，其学问渊博精湛，为人低调谦和，做事严谨认真。陈师一再告诫和提醒我们，读书必须有问题意识，要在充分占有相关材料的基础上，对文本进行深入、细致的解读和思考，有一分材料说一分话，切忌肤浅的、概括性的面面俱到。他要求我们走文献学与文艺学相结合的治学路径。这些教诲使我在后来的求学路上和教学过程中获益良多。记得当时硕士学位论文开题时我交给了陈师两个自拟的题目：一是“《西游记》评点研究”，二是“《斩鬼传》研究”。在陈师的建议下我最终选择了《斩鬼传》作为研究对象。从论文题目的确定，到开题报告的写作，一直到论文定稿，都离不开陈师的悉心指导和无私帮助。小子谨遵师教，对《斩鬼传》相关问题进行了自认为与前人颇有不同的挖掘与分析，若能侥幸有符合陈师要求之处，幸甚至哉！

2011年我又幸运地被杜贵晨先生收入门墙，成为杜师的关门弟子，在倍感荣幸的同时压力也随之而来。杜师是古代小说研究名家，更是写作文章的高手，他经常教育我要多读书、多思考、多写作，以具体问题为导向，大胆论证、层层阐释，观点和结论首先要能说服自己，而后才可希望能者认同。当时杜师要求我每两周去他家汇报一次，对于我的读书困惑杜师总是耐心地予以解答和点拨，每次都令我精神振奋、充满干劲，而我的几篇小文章也正是在与杜师的交流中受到启发完成的。跟随杜师求学三年，我最大的收获就是养成了读书—思考—写作的习惯，梳理思路、搭建框架和行文表述的能力也得到了提高。恩师年近古稀仍笔耕不辍、孜孜不倦，每年都有数篇高水平文章发表，精力之旺盛、眼光之老辣、学问之精深，晚辈实难望其项背。

因生性愚钝，加之懒散，又缺乏明确的学术规划和敏锐的学术眼光，博士毕业四年多以来，我庸庸碌碌，一事无成，惭愧之余亦有不甘。在父母、姐姐的不停念叨和爱妻支丽慧的反复督促之下，我终于又将这篇旧文翻出来进行重新修改和补充。

回首二十多年的漫漫求学路，其中辛苦自不必多言，而带给我感动、陪伴我成长的是那些热情、真挚的同学和朋友。由于人数太多，不便一一致谢。此外，我要感谢在我的学术之路上给予我帮助和指导的至交好友，他们是我的研究生同学李献伟、廖建明、刘于锋、徐波，博士同学姬光敏、张学祥、王立国、段春杨，同门师兄弟刘洪强、朱仰东、宋世瑞、许中荣，以及同道知己温庆新。我们在生活上彼此帮扶，在学业上相互砥砺，情谊珍重，此生难忘。而入职山西师范大学文学院以来，我更是结识了许多古道热肠、真诚善良的师长和同事，让我在这雾霾笼罩的平阳古都感受到了温暖的力量。

《斩鬼传》虽然只能在数以千计的古代小说中跻身二流之列，但其作为讽刺小说的开山之作，有着特殊的小说史价值。就其成书过程来看，其讽刺小说性质的确立与古代笑话艺术有着极为密切的联系，将《斩鬼传》放在讽刺小说史视野下进行宏观观照具有可行性。只是本人学识粗浅、眼界狭窄，书中所论难免有不当之处，恳请方家批评指正！

最后，谨以此书送给我那即将入读幼儿园的可爱女儿，以作为我们爷俩新的人生路上的小小见证。

王以兴

2019 年 4 月 25 日于尧都汾河西